Ein ganzes Leben

Robert Seethaler

ある一生

ローベルト・ゼーターラー

浅井晶子 訳

CREST BOOKS

Shinchosha

ある一生

EIN GANZES LEBEN

by

Robert Seethaler

Published by arrangement through Meike Marx Literary Agency, Japan

Illustration by Ai Noda

Design by Shinchosha Book Design Division

一九三一年二月のある朝、アンドレアス・エッガーは、じっとりと湿って少しばかり酸っぱい臭いのする藁布団に瀕死の状態で横たわる、ヤギ飼いのヨハネス・カリシュカ――谷間の村の住人からは単に「ヤギハネス」と呼ばれている――を抱き起こした。深い雪に埋もれた三キロの山道を辿って、村へと担ぎ下ろすためだ。

エッガーが山小屋を訪ねたのは、なんだか妙な予感に囚われたからだった。そして、というに火の消えたストーブの後ろで、山積みの古いヤギの毛皮に埋もれて体を丸めるヤギハネスを見つけたのだった。ヤギハネスは骨と皮ばかりに痩せ細り、幽霊のように蒼白な顔で、暗闇からじっとこちらを見つめてきた。それを見たエッガーは、ヤギハネスの頭の中にはすでに死が住みついていることを悟った。エッガーは子供にするようにヤギハネスの両腕をつかむと、乾いた苔に覆われた木の背負い籠にそっと座らせた。それは、ヤギハネスがそれまでの一生、山道を登り下りする際に、薪や怪我をしたヤギを入れて背負ってきた籠だった。エッガーはヤギをつなぐための縄をヤギハネスの体に巻き付けると、それを籠に付いた板に通し、板がバキバキと音を立てるほどきつく結んだ。どこか痛むかと訊くと、ヤギハネスは首を振り、口を歪めて笑顔らしきものを作った。だがエッガーには、ヤギハネスが嘘をついていることがわかっていた。

年明けから数週間は、いつになく暖かい日が続いた。谷で雪が解け、村では雪解け水が滴り、流れる音がやまなかった。ところがここ数日は再び凍えるように寒く、絶え間なく降り続く雪が景色を柔らかに覆いつくし、あらゆる命もどんな音も殺してしまうかのようだった。最初の数百メートルを歩くあいだ、エッガーは背中で震えているヤギハネスとは言葉を交わさなかった。目の前にうねうねと延びる急傾斜の山道に注意を払うのに精一杯だったからだ。なにしろ雪のせいで道は姿を消しており、ほぼ勘だけが頼りだったのだ。ときどき背中で、ヤギハネスが動くのを感じた。「とにかくいまは死ぬなよ」エッガーは大声で独り言を言った。答えは期待していなかった。ところが、自身の喘ぎ声以外にはなにも耳にすることのないまま三十分近く歩いたころ、突然背中から答えが返ってきた。

「一番悪いのは死ぬことじゃない」

「でも俺の背中では困る！」エッガーはそう言って、足を止め、肩の背負い紐の位置を直した。ほんの一瞬、音もなく降る雪に耳を澄ます。完全な静寂。こんな山々の沈黙を、エッガーはよく知っていたが、それでもいまだに、胸が不安で満たされる。「俺の背中では困る」エッガーは繰り返すと、再び歩き始めた。くねる道を曲がるたびに、雪はますます強く降りしきるように思われた。しんしんと、柔らかく、音ひとつ立てずに。背中では、ヤギハネスの身動きがどんどん間遠になり、やがてすっかり途絶えた。エッガーは最悪の事態を覚悟した。

「死んだのか？」と訊いてみる。

「死んでないよ、この引きずり足の悪魔め！」驚くほど明瞭に、答えが返ってきた。

「ちょっと思っただけだ。村までは頑張ってくれよ。その後は好きにすればいいから」

「もし村まで頑張る気がなかったら？」

「頑張るんだ！」エッガーは言った。そして、もうおしゃべりは充分だと判断した。それからの三十分、ふたりは黙ったまま前進した。村まで直線距離であと三百メートルたらず、雪の下で身をかがめる小人のようなハイマツの木が現れる〈ハゲタカ崖〉まで降りてきたところで、エッガーは道を踏み外した。たちまちなにかにつまずき、尻もちをついたまま、二十メートルほど斜面を滑り落ち、人の背の高さほどの標石にぶつかって止まった。岩陰には風が届かず、そのため雪はさらに緩慢に、さらに静かに降り積もるように思われた。エッガーは地面に尻をついたまま、背負い籠に軽くもたれかかった。左膝に刺すような痛みを感じたが、我慢できないほどではなかったし、とにかく脚はまだもとのまま付いている。ヤギハネスはしばらくのあいだ身動きもしなかったが、やがて急に咳き込み始め、ついには話し出した。かすれた、ほとんど聞き取れないほどの小さな声で。「最後はどこで眠るつもりだ、アンドレアス・エッガー？」

「なんだって？」

「どこの土に埋葬されたい？」

「わからん」エッガーは言った。それまで一度もそんなことを考えたことはなかったし、エッガーに言わせれば、そういったことに時間と脳みそを費しても意味はなかった。「土は土だ。どこで眠ろうと同じことだ」

「同じことかもしれないな。最後にはなにもかもが同じことなんだから」ヤギハネスがそう囁くのが聞こえた。「だがな、寒いんだぞ。骨を食いちぎるような寒さなんだ。それに魂も」

「魂も？」エッガーは訊いた。突然、背筋に寒気が走った。

「一番に食いちぎられるのが魂さ！」ヤギハネスが答えた。いつの間にか、籠のへりから精一杯身を乗り出して、霧と雪の壁をじっと見つめている。「魂や骨や心や、一生のあいだしがみついてきたもの、信じてきたもの全部だ。なにもかも、永遠の寒さが食いちぎるんだ。そう書いてあるんだぞ。俺はそう聞いたんだからな。死は新しい命を生むって、みんな言うだろ。でもな、その〈みんな〉なんてのは、一番バカなヤギよりもっとバカなんだ。俺に言わせりゃ、死はなんにも生み出したりしない！　死っていうのは、氷の女なんだよ」

「こお……なんだって？」

「氷の女」ヤギハネスはそう繰り返した。「氷の女は、山を越え、谷をうろつく。好きなときにやってきて、必要なものを奪っていく。顔もなければ、声もない。氷の女は、やってきて、奪って、去っていく。それだけだ。通り過ぎしなに、お前をつかまえて、連れ去って、どこかの穴に放り込むんだ。そしてな、土をかけられて、永遠に葬られる前に、お前の目に映る最後の空の切れっぱし――そこに氷の女はもう一度現れて、お前に息を吹きかけるんだ。そうすると、お前に残されるのは、暗闇だけになる。それと寒さだ」

エッガーは雪の降りしきる空を見上げ、一瞬、そこになにかが現れて顔に息を吹きかけてくるのではないかという恐怖を覚えた。「イエス様」歯のあいだから、そう声を絞り出した。「ひどい話だな」

「ああ、ひどい話だ」ヤギハネスはそう言った。その声は恐怖でかすれていた。ふたりの男は、そのまま身動きもせずにいた。いつの間にか、静寂に覆いかぶさるように、崖をかすめて細かな雪の切れ端をまき散らす風の歌が聞こえている。そのとき突然、エッガーはなにかが動くのを感じた。と思うと、次の瞬間、後ろ向きに倒れ、雪のなかに仰向けに転がっていた。どんな手を使ったのか、ヤギハネスが縄の結び目を解くのに成功し、稲妻のように素早く背負い籠から這い出たのだった。そしてヤギハネスは、そこに立っていた。ぼろをまとった痩せこけた体で、風にゆらゆら揺られながら。エッガーの背筋に、再び寒気が走った。「さっさと戻れ」エッガーは言った。「でないと、ほかの病気までもらっちまうぞ」

ヤギハネスは首を前に突き出したまま、その場に立ち尽くしていた。一瞬、雪に呑み込まれたエッガーの言葉に耳を傾けているかに見えた。だがそれから、ヤギハネスは踵《きびす》を返すと、大股で山を登り始めた。エッガーは慌てて立ち上がったものの、足を滑らせ、罵り言葉を吐きながら仰向けに倒れた。すぐに両手を地面について体を持ち上げ、ようやくまた立ち上がった。「戻ってこい！」驚くべき速さで飛ぶように斜面を駆け上がっていくヤギ飼いの背中に、エッガーは呼びかけた。だが、ヤギハネスはもはや聞いてはいなかった。エッガーは背負い紐を肩から外すと、籠を地面に放って、ヤギハネスの後を追った。けれど、ほんの数メートルで、喘ぎながら立ち止まらざるを得なかった。このあたりの斜面はあまりに急なうえ、一歩進むごとに腰まで雪に埋まってしまうのだ。前方の痩せこけた人影はすぐに小さくなり、やがてついに、通り抜けることのできない白一色の壁のような吹雪のなかに溶けていった。エッガーは両手をラッパのように口に当てて、喉も張り裂けんばかりに叫んだ。「止まれ！　馬鹿野郎め！　死神から走って逃げきったやつなんて、いないんだぞ！」だが、いくら叫んでも無駄だった。ヤギハネスはすでに姿を消していた。

アンドレアス・エッガーは、最後の数百メートルを下って村へと向かった。深い衝撃を受けた魂を、〈金のカモシカ亭〉でのクラッペン（揚げパンの一種）と自家製の蒸留酒で温めようと思ったのだ。食堂に入ると、すぐに古いタイル張りの暖炉の傍の席に座り、テーブルの上に両手を載せて、温かな血がゆっくりと流れて指に戻ってくる感覚に身を委ねた。暖炉の蓋が開いていて、なかでは火がパチパチと爆《は》ぜていた。一瞬、炎のなかに、身動きもせずじっとこちらを見つめるヤギ飼いの顔を見たような気がした。エッガーは急いで蓋を閉め、目をきつく閉じたまま、蒸留酒を喉に流し込んだ。再び目を開けると、若い女がひとり、目の前に立っていた。両手を腰に当てて、ただじっと立ったまま、こちらを見つめている。髪は短く、亜麻色で、肌は暖炉の熱で薔薇色に輝いている。エッガーは、生まれたばかりの子豚を連想せずにはいられなかった。子供のころ、よくこの手で子豚たちを藁から抱き上げ、土とミルクと糞尿の匂いのするその柔らかな腹に顔を押し付けたものだった。エッガーは自分の両手を見下ろした。突然、テーブルに載っているその手が、滑稽なものに見えてきた。重く、役立たずで、愚かな両手。

「もう一杯?」若い女が訊き、エッガーはうなずいた。女は新しいグラスを運んできた。それをテーブルに置こうと前かがみになったとき、女のブラウスの襞《ひだ》が、エッガーの腕に触れた。それは、ほとんどなにも感じないほどかすかな接触だったが、それでも繊細な痛みをもたらした。その痛みは、一秒ごとにエッガーの肉の奥深くに沈んでいくように思われた。エッガーは女を見た。女は微笑んだ。

その後の一生、アンドレアス・エッガーは、何度もこの瞬間を思い返すことになる。炎がかすかな音を立ててはじける食堂の暖炉の傍で過ごした午後に見た、この一瞬の微笑みを。

食事の後、食堂を出ると、雪はすでにやんでいた。外は寒く、空気は澄んでいた。霧の切れ端が山を昇っていく。頂はすでに陽光に輝いている。エッガーは村を後にして、深い雪を踏みしめながら家へと戻った。渓流の岸辺の、古い木の小橋の数メートル下で、子供たちが遊んでいた。通学鞄を雪の上に投げ捨てて、川で暴れまわっている。凍りついた渓流を尻で滑り降りる子もいれば、四つん這いで川面に出ていき、氷の下のかすかな水音に耳を澄ませている子もいる。エッガーの姿を見つけると、子供たちは一かたまりになって、はやし立て始めた。「びっこ！　びっこ！」子供たちの声は、ガラスのような澄んだ空気に、明るくはっきりと響いた。谷の上空のうんと高いところを旋回し、足を滑らせたカモシカを峡谷から、ヤギを牧草地からさらっていくイヌワシの鳴き声と同じように。「びっこ！　引きずり足！」エッガーは背負い籠を降ろすと、せり出した川岸からこぶし大の氷柱《つらら》を折り取って、大きく振りかぶり、子供たちのほうへと投げつけた。狙い定めた地点が高すぎたせいで、氷柱は子供たちの頭上をはるかに越えて飛んでいった。その軌道の頂点で、氷柱は一瞬、そこにぶら下がったまま動きを止めるかのように見えた。陽光に輝く小さな天体。だが結局氷柱は落ち、雪に埋もれたモミの木々の陰に音もなく消えた。

＊

まさにその同じ場所で、三か月後、エッガーは木の切り株に腰かけて、黄味がかった砂塵が谷の入口を薄暗く覆っていく様子を眺めていた。いくらもしないうちに、その砂塵から、二百六十人の労働者、十二人の機械操作員、四人の技師、七人のイタリア人料理女、そしてその他数人の特に呼び名を持たない手伝いの人間から成る、〈ビッターマン親子会社〉の建設作業隊が現れ、徐々に村へと近づいてきた。遠くから見ると、一隊はまるで家畜の巨大な群れのようだった。目を細めて注視してようやく、あちらこちらで高く突き出される腕や、肩に背負われたツルハシなどが、かろうじて見える。だがその一隊は、機械や様々な道具や鋼桁《こうけた》、セメントその他の建築材料を満載した重い荷馬車やトラックの隊列の先遣隊に過ぎなかった。荷馬車とトラックは、未舗装の道路を人の歩みと同じ速度で進んでくる。谷にディーゼルエンジンの鈍いうなりが反響するのは、初めてのことだった。村人たちは押し黙ったまま、道路脇に立っていた。だがやがて、年老いた馬丁のヨーゼフ・マリッツァーが、突然かぶっていたフェルト帽をむしり取り、歓声とともに空高く投げ上げた。するとほかの者たちも歓声を上げ、叫び、わめき始めた。皆がもう何週間も、春の訪れと、それにともなう建設作業隊の到着を待ちわびてきた。ロープウェイが建設されることになっているのだ。直流電流によって動くロープウェイで、完成すれば、薄青色の木製車両に乗って山を上り、谷全体を見はるかす眺望を楽しむことができるようになる。

それはすさまじい規模の大事業だった。交尾するマムシのように絡まり合った太さ二十五ミリの鋼の綱が、ほぼ二千メートルにわたって空を切り裂くのだ。高低差は千三百メートルにおよぶ。峡谷の上空にロープが渡され、突き出た岩壁が粉砕されることになる。ロープウェイとともに、電気もまた、谷にもたらされるだろう。うなりを上げるケーブルをつたって、電流が村へと流れ込み、通りや部屋や家畜小屋は、夜にも温かな光で照らされるようになるだろう。そういったことすべてを、皆が考えていた。さらに、それ以上のことも。そして帽子を投げ上げ、澄んだ空気に歓声を響かせたのだった。エッガーも、できれば皆と一緒に歓声を上げたかった。だがどういうわけか、切り株に座ったままでいた。なぜだかわからないが、気分が重かった。もしかしたら、モーターのうなる音のせいかもしれない。突然のように谷に満ち、いつやむのか誰にもわからない騒音。いや、そもそもいつかやむときが来るのかどうか、誰も知らないのだ。エッガーはしばらくのあいだ、切り株に座ったままでいた。だがやがて、それ以上耐えられなくなった。飛び上がって、山を駆け下り、道端に立つほかの人たちに合流して、叫び、歓声を上げた。声を限りに。

子供のころのアンドレアス・エッガーは、決して叫びもしなければ、歓声も上げなかった。学校に上がるまでは、まともに話すことさえできなかった。四苦八苦しながらなんとか一握りの単語をかき集め、それをごくたまに、めちゃくちゃな順番で並べるだけだった。話すということは、人の注意がこちらに向くということだ。そして人の注意がこちらに向くのは、決していいことではなかった。幼い子供だった一九〇二年の夏、山からはうんと離れた町から連れてこられ、馬車から抱き下ろされたときも、エッガーはただ黙ってそこに立ったまま、感嘆に目を丸くして、白く輝く山々の頂を見上げるばかりだった。そのときのエッガーは、おそらく四歳くらいだったと思われる。四歳より少し上か、少し下だったかもしれない。誰もはっきりとは知らなかったし、誰も関心など持っていなかった。誰よりも関心を持っていなかったのが、大農場主のフーベルト・クランツシュトッカーだった。幼いエッガーを嫌々ながら迎え、馬車の御者に二グロッシェンというしみったれたチップと堅いパンの耳をやった男だ。クランツシュトッカーの義理の妹のひとりが、浮ついた生活を送ったせいで、最前、親愛なる神から肺結核という罰を与えられ、御許に召されたのだった。エッガーはその義妹が残した唯一の子供だった。少なくともエッガーは、数枚の札の入った革袋を首に提げていた。それはクランツシュトッカーにとって、エッガーをすぐに放り出すか、または司祭に育てさせるために教会の扉の前に置き去りにする——彼に言わせれば、どちらも結果的にはほぼ同じことになる——のを思いとどまるだけの、じゅうぶんな理由だった。いずれにせよ、エッガーはそこに立ちつくし、山々をぽかんと眺めていた。その光景は、幼児期のエッガーの唯一の記憶として残った。エッガーは一生のあいだその光景を抱いて生きていくことになる。それ以前の記憶はなかったし、その後の数年間、クランツシュトッカー農場で暮らした最初の年月の記憶も、いつしか過去の霧のなかに消えてしまった。

エッガーの次の記憶は、八歳ごろの自分が、裸で、痩せこけて、雄牛をつなぐための棒にうつ伏せになっているところだ。両足と頭が、馬の尿の臭いのする地面すれすれのところでぶらぶら揺れており、小さな白い尻が、冬の空に向かって突き出され、クランツシュトッカーが振り下ろすハシバミの枝の鞭を受けている。いつものように、クランツシュトッカーは鞭がしなやかになるよう、事前に水に浸しておいた。その鞭がいま、短く澄んだ音を立てて空を切ったと思うと、ため息のような音とともに、エッガーの尻に当たる。エッガーは決して叫び声を上げない。それがクランツシュトッカーの怒りに拍車をかけ、鞭はさらに強く振り下ろされる。クランツシュトッカーは、この地球とそこにうごめくあらゆるものを支配するために、神の手で創られ、鍛えられた男だった。神の意思を遂行し、神の言葉を話す男。その下半身の力で命を創り出し、その腕の力で命を奪う男。肉であり、大地であり、農民である男、その名もフーベルト・クランツシュトッカー。己の意のままに、畑を掘り起こし、丸々と成長したメス豚を肩に担ぎ、この世に子供を生み出し、別の子供を棒にうつ伏せにする。なぜならクランツシュトッカーは男のなかの男であり、言葉であり、行為だからだ。「神よお許しを」クランツシュトッカーはそう言って、鞭を振り下ろす。「神よお許しを」

　こういった体罰の理由はいくらでもあった。牛乳をこぼした、パンをカビが生えるまで放置した、牛が行方不明になった、夕べの祈りを唱え間違えた。一度、枝を充分削らずに太すぎる鞭を作ってしまったのだろうか。または、水に浸すのを忘れたのかもしれない。それとも、いつもより怒りが大きく、力任せに叩いたのだろうか。はっきりしたことはわからないながら、クランツシュトッカーが鞭を振り下ろした瞬間、小さな体のどこかでバキッという大きな音がして、エッガーはそのまま動かなくなった。「神よお許しを」クランツシュトッカーはそう言うと、驚いて腕を下ろした。幼いエッガーは家のなかに運び込まれると、藁の上に寝かされ、たらいの水と一杯の温かい牛乳をクランツシュトッカーの妻に与えられて、息を吹き返した。右の脚になんらかの不具合があったが、病院での検査には金がかかりすぎるため、隣村から骨接ぎのアロイス・クランメラーが呼ばれた。アロイス・クランメラーは、並外れて小さな薄桃色の手を持つ、優しい男だった。だがその手の力と速さは、木こりや鍛冶職人のあいだでさえ伝説となっていた。何年か前に、大農場主ヒルツの農場に呼ばれたことがあった。熊のような巨体の怪物に育った農場主の息子が、べろんべろんに酔っぱらって、鶏小屋の屋根を突き破って落ち、それ以来数時間にわたって、痛みのあまり鶏の糞尿のなかを転げまわりながら、言葉にならない叫び声を発し、干し草用の熊手を振り回して、近寄ってくるあらゆる者を威嚇し続けていたのだ。アロイス・クランメラーは、屈託のない笑顔で農場主の息子に近づき、熊手の攻撃を器用にかわすと、二本の指を正確に息子の鼻の穴に突っ込んで、単純な動きで膝を突かせてから、まずはその頑固頭を、それから脱臼した骨をもとに戻したのだった。

骨接ぎのアロイス・クランメラーは、幼いエッガーの折れた太腿の骨もまた、もとに戻した。それから脚に数本の細い添木を当てて、薬草の軟膏をすりこみ、分厚い包帯を巻いた。それからの六週間、エッガーは屋根裏部屋の藁布団の上で過ごさねばならなくなった。排泄は寝転んだまま、乳脂を集めるための古い器にするしかなかった。何年もたって、瀕死のヤギ飼いを背負って山を下りることができるほど逞しい大人の男になってからも、アンドレアス・エッガーは、薬草とネズミの糞と自身の糞尿の悪臭がたちこめる屋根裏部屋で過ごしたいくつもの夜を思い出すことがあった。板張りの床から、その下にある部屋の暖気が立ち昇ってくるのを感じた。クランツシュトッカーの子供たちが眠りのなかで漏らす小さなうめき声と、クランツシュトッカーの轟《とどろ》きわたるいびきと、その妻の意味不明な声が聞こえた。家畜小屋からは、動物たちが立てる物音が聞こえてきた。ガサゴソと身動きする音、呼吸音、咀嚼音、鼻息。ときどき、月光が小さな通気口から射しこみ、明るくて眠れない夜、エッガーはできる限りまっすぐに体を起こして、その光に近づこうとしたものだった。月光は優しく柔らかく、光のなかで眺める自分の足の指は、小さな丸いチーズの塊のように見えた。

六週間後、ようやくまた骨接ぎが呼ばれ、包帯が取れたとき、エッガーの脚は鶏の骨のように細くなっていた。おまけに、脚は腰から斜めに突き出しており、全体的に少し捻じ曲がってしまったように見えた。「成長するにつれてもとに戻るさ、人生のすべてと同じようにね」搾りたての牛乳を入れた器に両手を浸しながら、クランメラーが言った。幼いエッガーは歯を食いしばって痛みに耐え、ベッドから降りると、足を引きずりながら家を出て少し先まで歩き、鶏が歩き回る広い草地まで行った。すでにサクラソウやアルニカの花が咲いていた。エッガーは寝間着を脱ぎ捨てると、両腕を大きく広げて、背中から仰向けに草のなかに倒れこんだ。太陽が顔を照らし、記憶にある限り初めて、エッガーは母のことを考えた。もうとうに姿を覚えていない母のことを。どんな人だったのだろう？　死ぬ間際には、どんな姿だったのだろう？　小柄で、痩せていて、色白だったのだろうか？　額に反射した陽光が、震えていただろうか？

エッガーは再び元気を取り戻した。とはいえ、脚は曲がったまま治らず、それ以来、人生の道のりを、足を引きずりながら進んでいくことになった。あたかも、右脚だけが、体のそのほかの部分よりも一拍だけ長い時間を必要とするかのようだった。一歩を踏み出す前にまず、そんな苦労をする甲斐があるだろうかと考えねばならないかのようだった。

アンドレアス・エッガーのその後の子供時代の記憶は、ばらばらにほどけ、断片的にしか残っていない。一度、山が動き始めるのを目にした。陰になったほうの斜面に衝撃が走ったような気がしたとたん、暗いうめき声とともに、斜面全体が動き始めたのだ。巨大な土の塊が落ちてきて、森の礼拝堂といくつかの干し草の山をなぎ倒し、もう何年も前から無人になっているケルンシュタイナー農場のぐらついた外壁を埋めた。後ろ足が膿んでいるせいで群れから隔離されていた一頭の子牛が、繋がれていたサクランボの木もろとも宙に舞い上がり、一瞬だけ谷をはるかかなたまで見晴らした後、土と石にさらわれ、呑み込まれた。村人たちがそれぞれの家の前に口をぽかんと開けて立ち、谷の反対側で起きている災難をじっと見つめていたのを、エッガーは憶えている。子供たちは互いに手をつなぎ、男たちは黙り込み、女たちは泣き、それらすべての上に、主の祈りを唱える老人たちのつぶやき声が重なった。数日後、子牛はほんの数百メートル下で見つかった。いまだにサクランボの木につながれたまま、小川の流れが湾曲する場所に倒れ、膨らんだ腹と、天に向かって硬直した脚とをさらしたまま、水に洗われていた。

エッガーはクランツシュトッカーの子供たちと、寝室にある大きなベッドを一緒に使っていた。だが、だからといってエッガーが子供たちと同列だというわけではなかった。農場で過ごした歳月、エッガーは常によそ者であり続けた。かろうじて存在を我慢してもらっている人間、神の罰を受けた義妹の残した私生児であり、農場の一家の慈悲を受けることができるのは、首から提げていた革袋の中身のおかげにほかならなかった。基本的には、エッガーは子供とは見なされていなかった。働き、祈り、ハシバミの鞭に尻を突き出すことを義務付けられた、ただの生き物だった。ただひとり、農場主夫人の年老いた母親である〈おばあ〉だけが、ときおりエッガーに温かい眼差しや、優しい言葉を向けることがあった。ときにはエッガーの頭に手を置いて、主よお守りくださいと短い祈りをつぶやいてくれた。干し草を刈り入れているときに、このおばあの急死——パンを焼いているときに意識を失い、前のめりに倒れて、パン生地に顔を突っ込み、窒息死した——を聞かされたエッガーは、草刈り鎌を放り出すと、無言で山を登り、〈鷲の崖〉を越えて、泣くことのできる日陰を探した。

　おばあの遺体は三日間、住居と家畜小屋のあいだの小部屋に寝かされていた。その部屋は真っ暗だった。窓には暗幕が張られ、壁には黒い布が掛けられた。おばあの両手は木彫りのロザリオの上で組まれ、顔は二本の蠟燭《ろうそく》のまたたく光に照らされていた。あっという間に、部屋中に腐敗臭が広がった。外では夏がじりじりとすべてを焼いており、死者の部屋の壁の隙間という隙間から、熱気が入り込んできた。ついに二頭の巨大なハフリンガー種の馬に引かれた霊柩車が到着すると、農場の人間は最後にもう一度死者の周りに集まって、別れを告げた。クランツシュトッカーが死体に聖水を振りかけながら、「おばあは行ってしまった」とつぶやいた。「どこへ行ったのかはわからないが、これでよかったんだ。古いものが死ねば、新しいもののための場所ができる。そういうものだし、これからもそれは変わらない、アーメン！」おばあは霊柩車に載せられ、慣例どおり村中の人間が参加する葬列が、ゆっくりと動き始めた。列が鍛冶屋の前を通りかかったとき、錆びついた扉が突然開いて、鍛冶屋の飼い犬が飛び出してきた。犬の毛は真っ黒で、真っ赤に膨れあがった性器が肢《あし》のあいだで光っていた。かすれた声で吠えながら、犬は馬に向かって突進してくる。御者がその背中に鞭を振り下ろしたが、犬は痛みを感じていないようだった。片方の馬にとびかかったと思うと、後肢に嚙みついた。馬が棹立ちになり、激しく蹴った。巨大な蹄《ひづめ》が犬の頭に当たって、ボキッという音がしたと思うと、犬はうめき声を上げて、小麦袋のようにどさりと地面に倒れた。前方では、怪我をした馬が脇へとよろめき、霊柩車を雪解け水の流れる溝へと引っ張っていきそうになった。御者台から飛び降りた御者が馬を制御して、なんとか霊柩車を道に留めておくことに成功した。とはいえ、馬の背後の霊柩車のなかでは棺が滑り始め、斜めに傾いた。墓地で最終的に釘を打って閉じる予定だったので、移動のあいだはおざなりに被せられていただけの蓋が開いて、隙間から死者の腕が突き出た。死者の部屋の暗闇のなかでは、その手は雪のように真っ白だった。だがいまここ、明るい真昼の光のもとでは、それは黄色く見えた。まるで、小川のほとりの日陰に咲き、太陽の光にさらされるとあっという間にしおれてしまう、小さなキバナノコマノツメの花びらのように。馬は最後にもう一度だけ立ち上がると、脇腹を震わせながらおとなしくなった。エッガーは、死んだおばあの手が棺の外でぶらぶらと揺れるのを見た。一瞬、おばあが自分に手を振って別れの挨拶をしているような気がした。最後の「主よ守り給え」の祈りを唱えてくれている。エッガーただひとりのために。蓋が閉じられ、棺はもとの場所に戻されて、葬列は再び動き出した。犬は道端に放置され、そこで横ざまに倒れたまま痙攣し、その場でぐるぐると輪を描いて這いずり回っては、あたり構わず噛みついていた。しばらくのあいだ、その歯がカタカタと鳴る音が聞こえていたが、やがて鍛冶屋が長い鉄の棒で犬を叩き殺した。

一九一〇年、村に村立学校が設立され、エッガー少年も毎朝、家畜小屋での仕事を終えた後、ほかの子供たちとともに、塗りたてのタールの悪臭が抜けない教室に座って、読み書き計算を習うことになった。エッガーの学習速度は遅く、隠された内なる障害物に抗うかのようだった。だが時間がたつにつれて、黒板に描かれた点と線の混沌から意味が浮かび上がってくるようになり、やがてついに、絵の付いていない本も読めるようになった。その新しい能力はエッガーに、谷の向こうにある世界へのかすかな予感とともに、恐怖感をも呼び覚ました。

クランツシュトッカーの下の子供ふたりが、ある冬の長い夜にジフテリアで他界してから、働き手の数が減ったせいで、農場での仕事はますます厳しいものになった。だが一方、ベッドではより広い場所を使えるようになったし、生き残った義理の兄弟姉妹と、パン一切れをめぐって闘う必要もなくなった。そもそも、エッガーとほかの子供たちのあいだには、肉体的な衝突はもはやほとんどなかった。その理由はまったく単純で、エッガーがあまりにも逞しく成長したからだ。まるで、自然がエッガーの叩き折られた脚の一件を埋め合わせようとしたかのようだった。エッガーは十三歳で若い成人男性並みの筋肉を持つようになり、十四歳で初めて、六十キロの袋を、天井の跳ね上げ戸をくぐって屋根裏の穀物貯蔵庫まで担ぎ上げた。エッガーは逞しかった。だが緩慢だった。ゆっくり考え、ゆっくり話し、ゆっくり歩いた。けれど、どの考えも、どの言葉も、どの一歩も、その跡をしっかりと残した。それも、その種の跡が残るべきだとエッガー自身が考える場所に。

十八歳の誕生日の翌日（エッガーの出生に関しては、正確な情報を入手する術がなかったため、村長はとりあえず適当な夏の日付、すなわち一八九八年八月十五日を選び出し、その日をエッガーの誕生日と定めて、その旨を記した出生証明書を作らせた）、夕食の時間に、牛乳スープの入った土の器がエッガーの手から滑り落ち、鈍い音を立てて割れるという出来事があった。スープと、ちょうどそこに割り入れられたばかりのパンとが板張りの床にこぼれ、食前の祈りのためにすでに両手を組んでいたクランツシュトッカーが、ゆっくりと立ち上がった。「ハシバミの鞭を取って、水に浸けておけ！」クランツシュトッカーは言った。「三十分後に行くからな！」

エッガーは鞭を引っかけてある釘から取り、外に出て、家畜用の飲み水を入れた桶に浸すと、雄牛をつなぐ棒の上に腰かけ、足をぶらぶらさせながら待った。三十分後、クランツシュトッカーが現れた。「鞭をよこせ！」と命じる。

エッガーは棒から飛び降りると、桶から鞭を取った。クランツシュトッカーがそれを空で振った。鞭はクランツシュトッカーの手のなかで柔らかくしなり、優しく輝く水滴がヴェールになって尾を引いた。

「ズボンを下ろせ！」クランツシュトッカーは命じた。エッガーは両手を胸の前で組んだまま、首を振った。

「なんと、私生児の分際で農場主に逆らうっていうのか」クランツシュトッカーが言った。

「俺は放っておいてほしいんだ。それだけだ」エッガーは言った。クランツシュトッカーは下顎を突き出した。無精ひげに乾いた牛乳かすがこびり付いている。首の長い血管がぴくぴくと脈打つ。クランツシュトッカーは一歩前に出ると、腕を振り上げた。

「俺を殴ったら、殺す！」エッガーはそう言った。クランツシュトッカーは動きの途中で硬直した。

後の人生でこの瞬間のことを思い出すとき、エッガーには、まるでふたりがあのとき、一晩中にらみ合っていたかのように感じられた。エッガーは腕組みをして、クランツシュトッカーはハシバミの鞭を握ったこぶしを振り上げて。ふたりとも黙ったまま、瞳に冷たい憎悪を宿らせて。だが実際には、それはせいぜい数秒の出来事だった。水滴が一粒、鞭をつたってゆっくりと流れ落ち、ぷるんと震えたかと思うと、地面に落ちた。家畜小屋から、牛たちのくぐもった咀嚼音が聞こえていた。家のなかで子供たちのひとりが笑い声を上げ、それから静寂が再び農場を包み込んだ。

クランツシュトッカーが腕を下ろした。「失せろ」抑揚のない声でそう言う。エッガーはその場を立ち去った。

＊

アンドレアス・エッガーは障害者と見なされてはいたが、逞しい男だった。よく働き、要求は少なく、ほぼなにも話さず、畑に照り付ける日光にも、森のなかの刺すような寒さにも、びくともしなかった。どんな仕事も引き受け、確実にやり遂げ、不平は言わなかった。草刈り鎌を使わせても、干し草用熊手を使わせてもうまかった。刈られたばかりの草をひっくり返し、荷車に堆肥を積み上げ、石や藁束を畑から運んだ。虫のように畑を這いずり、迷子になった家畜を追って岩山を登った。どの木をどの方向に切ったらいいか、くさびをどう打ち込めばいいか、のこぎりの刃にどうやすりをかければいいか、斧をどう研げばいいかを知っていた。食堂へ行くことは稀で、行ったとしても、食事と一杯のビールか蒸留酒以上のものは決して注文しなかった。夜をベッドで過ごすことは滅多になく、たいていは藁のなかや、屋根裏や、窓のない小部屋や、家畜小屋の動物たちの傍で眠った。ときどき、暖かな夏の夜には、草を刈りとったばかりのどこかの牧草地に毛布を敷いて仰向けになり、星空を眺めた。そんなとき、エッガーは自分の未来のことを考えた。なにひとつ期待していないからこそ、果てしなく遠くまで広がっている未来のことを。そして、長いあいだそうして寝転んでいると、ときどき、背中の下にある地面が、かすかに盛り上がっては沈み込むのを感じた。そんなときエッガーは、山が呼吸していることを知るのだった。

二十九歳になったときには、エッガーは干し草小屋付きの小さな土地を借りるだけの金を貯めていた。その土地は、山のなか、森林限界のすぐ下にあった。村からは直線距離で五百メートル上方、アルマー峰へと至る細い小道を登らなければたどり着かない。そこは実際のところ無価値の土地で、急傾斜なうえ痩せており、石ころだらけ、おまけに広さはクランツシュトッカー農場の裏にある鶏の草地とほぼ変わらなかった。とはいえ、すぐ近くには小さな泉があり、氷のように冷たい澄んだ水が、岩の隙間から湧き出ている。それに、朝には太陽が村より三十分早く山の稜線を照らし、夜のあいだにかじかんだエッガーの足の下にある地面を暖めてくれた。エッガーは、近くの森で数本の木を切り倒すと、その場で材木にして、それを干し草小屋まで引っ張って行き、風雨で傾いた壁の支えにした。家の土台を作るために溝を掘り、そこをあたりに転がっている石で埋めた。石はいくら取っても減らず、それどころか、夜ごと新たに、埃っぽい乾いた地面から湧き出てくるかのようだった。エッガーは石を集めながら、退屈しのぎに、その石ころのひとつひとつに名前をつけた。知っている名前が底を突くと、今度は単語を付け始めた。やがて、自分の土地にある石は、知っている言葉の数よりも多いことがわかると、もう一度最初に戻って名前を付け始めた。エッガーには、犂《すき》も家畜も必要なかった。土地は狭すぎて、耕作にも放牧にも向かなかったからだ。けれど、ちっぽけな野菜畑を作るにはじゅうぶんだった。仕上げに、新たな我が家の周りに低い柵を巡らせて、格子戸を作った。ひょっとしていつか訪ねてくるかもしれない誰かのために開けて、その誰かを通すという、それだけのための格子戸だった。

それは総じて幸福な時代で、エッガーは満足していた。自分としては、これからもずっとこのままでいたいと思っていた。ところがそこで、ヤギハネスの事件が起こったのだった。罪と正義に関するエッガーの信条に照らせば、ヤギハネスが姿を消したのは、エッガーにはどうしようもないことだった。それでも、あの激しい吹雪のなかでの出来事は、誰にも話さなかった。ヤギハネスは死んだものと見なされていた。死体は見つからなかったが、エッガー自身でさえ、ヤギハネスが死んだことを一瞬たりとも疑ったことはなかった。だが、痩せた人影が目の前でゆっくりと霧のなかに姿を消していく光景を、エッガーはそれ以来、忘れることができなかった。

あの日以来、エッガーの心のなかから消せなくなったものは、もうひとつあった。ブラウスの襞が一瞬触れた後に、エッガーの腕と肩と胸の肉の奥深くに沈みこみ、最後には心臓の近くのどこかにしっかりと根を下ろした痛み。それはとても繊細な痛みでありながら、クランツシュトッカーにハシバミの鞭で打たれたときも含めて、エッガーがこれまでの人生で知ったどんな痛みよりも深いものだった。

女の名はマリーといった。エッガーは、世界で一番美しい名前だと思った。マリーは数か月前、仕事を探してふらりと谷に現れた。履き古した靴と埃まみれの髪で。運良く、宿屋の亭主がほんの数日前に、予期せぬ妊娠をした女中をやめさせたところだった。「手を見せろ！」亭主はマリーに言った。そして、マリーの指にあるタコを見て満足気にうなずくと、空席になったばかりの仕事を与えたのだった。その日からすぐさま、マリーは食堂の客に給仕をし、季節労働者に貸すための数少ない部屋のベッドを整えることになった。また、鶏の世話を受け持ち、庭仕事と台所仕事を手伝い、家畜をさばき、客用便所の中身を汲み出した。決して不平は言わず、虚栄心も気取ったところもなかった。「あいつには手を出すなよ！」宿屋の亭主はそう言って、溶かしたばかりの豚のラードでてらてら光る人さし指で、エッガーの胸を突いた。「マリーは働くための女だ。恋をするためじゃない。わかったか？」

「わかった」と言ったエッガーは、心臓のあたりに再びあの繊細な痛みを感じた。神様に嘘はつけない、と思った。でも宿屋の亭主にならば構わない。

日曜日、教会での礼拝の後、エッガーはマリーを待ち伏せした。マリーは白いワンピースを着て、頭には小さな白い帽子を載せていた。とてもかわいらしい帽子ではあったが、少々小さすぎるのではないかと、エッガーは思った。ふと、森の地面のあちこちから黒々と突き出る根茎と、まるで奇跡のようにときどきそこにぽつぽつと咲く白いユリを連想した。だが、もしかしたら帽子の大きさは、これでちょうどいいのかもしれない。エッガーにはわからなかった。そういったことは、なにひとつ知らなかった。エッガーの女性経験と言えば、礼拝のとき、礼拝堂の最後列に座って、女たちの明るい歌声を聞き、石鹸で洗ってラベンダーオイルをすりこんだ女たちの髪から漂う日曜日の香りに陶然とすることくらいだった。

「もしよかったら……」エッガーはそう切り出したが、そこで唐突に口をつぐんだ。自分がなにを言うつもりだったか、急にわからなくなったのだ。しばらくのあいだ、ふたりは礼拝堂の陰に佇んだまま、じっと黙っていた。マリーは疲れているように見えた。その顔は、いまだに教会の薄暗い光の一部に覆われているかのようだった。左の眉に、小さな黄色い花粉がくっついていて、そよ風に揺れていた。突然、マリーがエッガーに微笑んだ。

「ここにいると、急に寒くなってきた」と言う。「お日様の当たるところまで、少し歩かない？」

ふたりは並んで、礼拝堂の裏からハルツァー山へと続く森の小道を歩いた。草のなかを小川がさらさらと流れ、頭上では木々の梢がざわめいていた。茂みのなかでは、いたるところコマドリのさえずりが聞こえたが、ふたりが近くへ寄ると、途端に静かになるのだった。木々の途切れた草地で、ふたりは立ち止まった。はるか頭上で、ハヤブサが一羽、翼を広げたまま宙に留まっていた。と思うと、突然翼を一振りし、体を横に傾けて落ちていった。まるで空から真っ逆さまに落下するかのように、ハヤブサはふたりの視界から消えた。マリーは花を摘み、エッガーは人の頭ほどの大きさの石を茂みに投げ込んだ。単にそうしたい気分で、そうするだけの力があったからだ。帰り道に、朽ちかけた小橋を渡るとき、マリーはエッガーの腕につかまった。その手は荒れていて、太陽に照らされた木材のように温かかった。マリーの手を自分の頬に当てたい、そしてそのまま立ち止まりたいと、エッガーは思った。だがそうはせず、大股で歩き、先を急いだ。「気を付けろ」マリーのほうを見ずに、エッガーは言った。「ここの地面は足をくじきやすいから！」

ふたりは毎日曜日に待ち合わせた。やがて、ときどき平日にも会うようになった。幼いころ、不安定な木の柵によじ登り、豚小屋に落下して、驚いた母豚に噛まれて以来、マリーのうなじには、二十センチほどの長さの赤く輝く三日月形の傷跡があった。エッガーは気にしなかった。傷跡は年月みたいなものだ、と言った。ひとつ、またひとつとやってきて、すべてが積み重なって初めて、ひとりの人間を造り出すものだと。マリーのほうも、エッガーの曲がった脚を気にしなかった。少なくとも、口には出さなかった。エッガーが足を引きずって歩くことに、マリーは決して言及しなかった。ひとことも。そもそもふたりは、ほとんど言葉を交わさなかった。ただ並んで歩きながら、目の前の地面にのびる自分たちの影を見つめるか、どこかの石に腰かけて、谷を見下ろすばかりだった。

八月末のある日の午後、エッガーはマリーを自分の土地へと連れていった。屈んで格子戸を開けると、マリーを先に通した。小屋にはまだペンキを塗る必要がある、とエッガーは言った。風と湿気が木材の隙間から入り込んでくるからだ。あっと思う間もない。気づいたときには、居心地のよさなど消し飛んでいる、と。あっちには少し野菜を植えた。たとえばセロリなんか、もう人の背丈を超えてる。ほら、ここは谷よりも日の光が強いから。植物にとってはいいだけじゃない、体も温まるし、気分もよくなる。それにもちろん、眺めのよさを忘れちゃいけない、とエッガーは言って、腕で大きな弧を描いて見せた。この界隈を全部見渡せるんだ。天気がよければもっと遠くまでだって。それに、小屋のなかにもペンキを塗るつもりだ、とエッガーは説明した。左官が使う本格的なペンキだ。もちろん、水じゃなくて、新鮮な牛乳で溶かなきゃならない。そのほうが色が長持ちするから。それから台所もちゃんと設えるべきかもしれないな。でもいまのままでも、必要最低限のものは揃ってる。鍋、皿、ナイフやフォークやスプーン。暇ができたらフライパンも研磨するつもりだ。ちなみに、家畜小屋はいらない。家畜を飼う場所も時間もないからな。なんといっても、百姓になるつもりはないんだ。だって百姓になるってことは、一生のあいだ畑を這いずりまわって、下を向いたまま土を掘り返すってことだから。でも俺に言わせれば、男っていうのは頭を上げて、前を向いて生きるべきだ。狭っ苦しい自分の土地を越えて、できる限り遠くまで見渡せるように。

後に振り返っても、マリーが自分の土地を最初に訪ねてきたこのときほどよくしゃべったことがあったかどうか、エッガーは思い出せなかった。言葉は次々と口からあふれ出てきた。それぞれの単語がまるでひとりでに列を作って並び、集まってひとつの意味を成していくかのようで、エッガーはその様子に、自分でも驚きながら耳を傾けていた。自分がなにを話しているかは、本人の目の前にも、言葉を発した後になって初めて、意外なほどはっきりと浮かび上がるのだった。

曲がりくねった細い山道をふたりで谷へと降りていくあいだ、エッガーは再び黙りこんだ。自分が滑稽に思われ、少し恥ずかしかったが、なにを恥じているのかはわからなかった。曲がり角で、ふたりは休憩を取った。草の上に座り、倒れたブナの木の幹にもたれかかって。幹は夏の最後の日々の熱を溜めて温かく、乾いた苔と樹脂の香りがした。晴れた空にそびえる山々の頂が、ふたりの頭上をぐるりと取り囲んでいた。マリーが、山頂はなんだか陶器のように見えると言った。それまでの人生で陶器など一度も見たことがなかったエッガーだが、それでも賛意を表した。じゃあ歩くときには気を付けないとな、とエッガーは言った。一歩間違えただけで、景色全体にひびが入るか、下手をしたら景色が無数の破片に砕け散るかもしれない。マリーが笑って、「面白いね」と言った。

「ああ」エッガーは言った。それからうつむいた。それ以上どうすればいいかわからなかった。できれば立ち上がって、岩を持ち上げ、どこかに放り投げたかった。できる限り高く、遠くへ。だがそのとき突然、自分の肩にマリーの肩が触れるのを感じた。エッガーは頭を上げて、言った。「もう我慢できない！」マリーのほうに体を向けると、両手でその顔を挟んで、口づけた。

「あらら」マリーが言った。「力が強いのね！」

「すまん！」エッガーは言って、慌てて両手を引いた。

「でも素敵だった」マリーが言った。

「痛かったのに？」

「うん」マリーが言った。「すごく素敵」

エッガーは再び両手でマリーの顔を挟んだ。それも今度は、鶏の卵か、孵化したばかりの雛に触れるように、そっと。

「そういう風がいい」マリーが言って、目を閉じた。


できることならエッガーは、その日のうちか、遅くとも翌日には、マリーに結婚を申し込みたかった。だが、どうやって申し込めばいいのか見当もつかなかった。一晩中、自分で作った小屋の戸口に腰かけて、月に照らされた足元の草を眺めながら、己の貧しさのことをぐるぐると考え続けた。自分は農民ではないし、農民になるつもりもない。だが、だからといって職人でも、木こりでも、ヤギ飼いでもない。実際のところ、日々の糧は、あらゆる季節にあらゆる仕事を請け負う臨時雇いとして、下男として稼いでいる。そういう男は、ほとんどどんなことでもできる。ただ、夫になることだけはできない。女というのは、未来の夫にそれ以上のなにかを望むものだ。それがわかるくらいには、エッガーも女のことを理解しているつもりだった。自分の望みだけを考えるならば、残りの人生をずっと、どこかの道端で、マリーと手をつなぎ、樹脂の香りのする木の幹にもたれて過ごしたかった。だがいまは、自分がなにを望むかだけの問題ではなかった。エッガーは、この世界における自分の使命を見つけたのだ。マリーを守り、マリーを養いたい。男っていうのは頭を上げて、前を向いて生きるべきだ。狭っ苦しい自分の土地を越えて、できる限り遠くまで見渡せるように。マリーにそう言った。だからエッガーは、そのとおりの男でありたかった。

エッガーは、〈ビッターマン親子会社〉の駐在地を訪ねた。そこは、いまでは谷の向かい側の牧草地全体に広がっており、村そのものよりも多くの住人を抱えるようになっていた。エッガーは、新たな労働者の雇用を担当する部署の長がいるバラックの場所を尋ねてまわり、探し当てた事務室に、いつになくおずおずと足を踏み入れた。自分の武骨なブーツが、床をほぼ覆いつくす絨毯を傷めてしまうのではないかと恐れたからだ。絨毯に足音を吸い取られ、まるで苔の上を歩くかのようだった。部長は太った男で、禿げた頭頂には傷があり、その周りを短く刈った髪が取り囲んでいた。黒い木材でできた書き物机の前に座って、部屋の暖かさにもかかわらず、羊毛皮の裏地がついたコートを着ていた。書類の山に顔を埋めるように屈みこみ、エッガーが入ってきたことにも気づかないようすだ。ところが、ちょうどエッガーがなにか物音を立てて注意を引こうと思った瞬間、部長は唐突に顔を上げた。

「足を引きずってるな」部長は言った。「そういう奴を使うわけにはいかん」

「このあたりで俺よりいい働き手はいない」エッガーは答えた。「俺は力がある。なんでもできる。なんでもする」

「でも、足を引きずってる」

「谷ではそうかもしれん」エッガーは言った。「でも、山でまっすぐに歩けるのは、俺ひとりだ」

部長はゆっくりと椅子にもたれかかった。部屋に沈黙が降り、まるで黒いヴェールのようにエッガーの心臓を覆った。水漆喰が塗られた白い壁を眺めていると、一瞬、そもそもどうしてここへ来たのかわからなくなった。部長がため息をついた。そして片手を上げると、あたかもエッガーを視界から拭い去るかのように動かした。それからこう言った。

「ビッターマン親子会社へようこそ。酒はなし、娼婦もなし、労働組合もなしだ。仕事始めは明日の朝五時半！」

エッガーは、木の伐採や巨大な鉄の支柱の建設を手伝った。五十メートル間隔で一直線に山肌を上っていく支柱は、その一本一本が、村で一番背の高い建築物である礼拝堂よりもさらに数メートル高かった。エッガーは、鉄材や木材やセメントを引いて山を登り下りした。森の地面を掘って土台のための溝を作り、爆破専門技師がダイナマイトを仕込めるよう、岩に腕ほどの太さの穴をうがった。爆破のときには、ほかの労働者たちとともに安全な距離を取って、木々を伐採して造られた広い林道の左右に転がる木の幹に座って待った。皆が耳を塞ぎ、尻の下で爆発が山を震わせるのを感じた。エッガーはほかの誰よりもこの一帯に詳しく、さらに高いところへ昇ってもまったくめまいを感じないため、ほとんどいつも真っ先に爆破予定地へ送られ、穴をうがつ場所に最初に足を踏み入れる人間だった。石ころだらけの山肌を上り、岩のあいだをよじ登り、細い命綱一本を頼りに絶壁にぶら下がり、手にした削岩機が顔の真正面に作り出す石埃にじっと目を向けた。エッガーは岩場での仕事が好きだった。山上の空気は冷たく澄んでいる。ときどきイヌワシの鳴き声に耳を澄ませ、自分の影が音もなく岩壁に揺れるのを見つめた。よくマリーのことを考えた。彼女の荒れた温かな手と、うなじの傷跡のことを考え、その傷跡の弓の形を、何度も心のなかでなぞった。

秋になると、エッガーはそわそわと落ち着きをなくした。マリーに結婚を申し込むときがついにやってきたと思ったが、どうやればいいのか、いまだにさっぱりわからなかった。夜になると戸口に座って、混乱した想像や夢想に浸った。もちろん、とエッガーはひとり考えた。自分のプロポーズは、そのへんのプロポーズと同じであってはならない。それは言ってみれば、エッガーの愛の大きさを物語るような、そしてマリーの記憶と心に永遠に刻み付けられるようなものでなくてはならなかった。なにか文字にしたものがいいと思った。ところがエッガーにとって、書く機会は話す機会よりもさらに稀だった。つまり、まったくないも同然だ。さらに、エッガーの意見では、プロポーズの手紙などといったものには、あまり大きな期待はできなかった。あらゆる考えや感情がそのままの大きさで、たった一枚きりの紙切れに収まるはずがあろうか？　できれば、自分の愛を山に書きつけたかった。とてつもなく大きく、谷にいる誰もが読めるほどはっきりと。エッガーは、伐採地脇で手ごわい根茎をともに掘り出しながら、同僚のトーマス・マトルに悩みを打ち明けた。マトルは熟練の木こりで、会社で一番の古株のひとりだった。ほぼ三十年にわたって、さまざまな建設作業隊とともにあちこちの山を渡り歩き、進歩の名のもとに森を伐採し、鉄の骨組みやセメントの柱を地面に建ててきた。年齢と、本人の言葉を借りれば狂った犬の群れのように腰に嚙み付いて離れない痛みにもかかわらず、マトルは下草のなかを軽々と敏捷に動いた。もしかしたら本当に山に字を書くことができるかもしれんぞ、とマトルは言って、髭もじゃの顔をなでた。悪魔のインクでな——つまり火さ。若いころマトルは、幾度かの夏を北の地域で、橋を建設するための木を切りながら過ごしたのだという。そしてそこで、「イエスの御心の火」という古い慣習を体験した。夏至の日に、火で描いた巨大な絵が燃え上がり、夜の山を照らすのだ。火で絵が描けるんなら、字だって書けるさ、とマトルは言った。たとえば、そのマリーとかいう女に結婚を申し込む言葉みたいなものも。単語三つか四つ、それ以上はもちろんだめだ。どうせそれ以上は無理だしな。俺が欲しいか？　とか、来いよ、かわいいお前、とか——まあそういう、女が喜びそうな言葉だ。

「それでいいだろう」と、マトルはじっと考え込みながら付け加えた。それから片手を頭の後ろへやって、襟足に引っかかっていた細い小枝を抜き取った。そして、小枝についている白く小さなつぼみを次々にむしり取って口に放りこみ、キャラメルのようにしゃぶった。

「ああ」とエッガーはうなずいた。「それでいいだろう」

二週間後、十月最初の日曜日の夕方、エッガーの作業隊で最も信頼のおける十七人の男が、〈鷲の崖〉の上の岩場を登り、マトルがしわがれ声で飛ばす指示のもと、木屑を詰めて灯油に浸した一・五キロの麻袋二百五十個を、あらかじめ麻縄で記された線に沿って、約二メートルの間隔で置いていった。その数日前、エッガーは仕事が終わった後、この男たちを食堂になっているテントに集め、自分の計画を説明して、力になってくれるよう頼んだのだった。「ひとり七十グロッシェンと、蒸留酒四分の一リットル払う」とエッガーは言い、男たちの汚れた顔を見回した。何週間も前から給料を節約して、小銭を小さなろうそくの箱に収め、戸口の下に穴を掘って隠してあった。

「八十グロッシェンと、半リットル欲しい！」と、黒髪の機械工が言った。ほんの一、二週間前にロンバルディア地方からやってきて、会社に入ったばかりだが、蒸気ボイラーのごとき気性のおかげで、あっという間に隊のリーダー的地位を獲得した男だ。

「九十グロッシェンで酒なしじゃどうだ」とエッガーが返した。

「酒はなきゃだめだ」

「じゃあ六十グロッシェンと半リットルだ」

「よし、決まった！」と黒髪が怒鳴り、交渉成立のしるしに、こぶしをテーブルに叩きつけたのだった。

トーマス・マトルはほとんどずっと大岩の突端に座ったまま、男たちの動きを監督していた。麻袋どうしの間隔は決して二メートルを超えてはならない。でなければ文字に穴が開いてしまう。「愛が穴だらけの文字のせいで消えたらどうするんだ、このうすのろ！」とマトルは怒鳴り、こぶし大の石を、少しばかり間隔を取りすぎた若い足場建設作業員のほうへと投げつけた。

日没直前、すべての麻袋が所定の位置に置かれた。夜が山々の上にとばりをおろすと、マトルは座っていた岩から降りて、最初の文字の最初の袋のもとへ向かった。そして、男たちが等間隔で並ぶ山の斜面を見渡した。それからズボンの埃を払い、ポケットからマッチ箱を取り出すと、灯油に浸した布を巻いて目の前の地面に突き立ててある棒に火をつけた。そして火のついた棒を手に持ち、頭上で振って、これまでの人生で出したどんな声よりも大きく明るい雄叫びを上げた。ほぼ同時に、岩場に十六本の松明《たいまつ》が灯り、男たちはできる限り迅速に線に沿って走りながら、麻袋にひとつ、またひとつと火をつけていった。マトルは忍び笑いをもらした。自分を待っている蒸留酒のことをうっとりと思い描きながらも、首筋には、どんどん深まり山を下ってくる夜の冷たい息吹を感じていた。

まさにその同じ瞬間、谷ではアンドレアス・エッガーが、マリーの肩に腕を回した。ふたりは日没前に、古い小橋の脇にある切り株で待ち合わせたのだった。マリーが時間通りに来てくれたので、エッガーは胸をなでおろした。マリーは白っぽい麻のワンピースを着ていて、髪からは石鹸と干し草と、そしてエッガーの錯覚でなければ、かすかに豚肉ソテーの匂いがした。エッガーは切り株の上に上着を広げて、マリーに座るよううながした。そして、ちょっと見せたいものがある、もしかしたら二度と忘れられなくなるかもしれないぞ、と告げた。「いいもの?」とマリーが訊いた。「かもな」とエッガーは言った。ふたりは並んで座り、黙ったまま、太陽が山の向こうに沈んでいくのを見つめていた。エッガーの耳に、自分の心臓が早鐘を打つ音が響いた。一瞬、心臓が自分の胸ではなく、尻の下の切り株のなかで脈打っているような気がした。まるでこの腐りかけの切り株が、新しい命に目覚めたかのように。そのとき、はるかかなたからトーマス・マトルの雄叫びが聞こえてきた。エッガーは暗闇を指さし、「見てろ」と言った。一秒後、谷の向かい側の斜面の上方で十六の光が燃え上がり、まるで蛍の群れのようにあらゆる方向へと動き始めた。光は移動する道筋に輝く露を落としていくかのようで、それぞれの露は徐々につながり、うねるような曲線が浮かび上がる。エッガーは、隣にいるマリーの体を感じていた。腕をマリーの肩に回し、マリーのかすかな息の音を聞いていた。山では、まばゆい光線が山肌にさらなる弧を描き、ところどころで丸い輪を形作った。最後に、左上にふたつの点が輝き、エッガーは、老マトルが自ら岩場によじ登って、最後のふたつの麻袋に火をつけたことを知った。

〈君に、マリー《FÜR DICH, MARIE》〉と、山肌に燃える文字が書かれた。とてつもなく大きく、谷にいる誰もが読めるほどはっきりと。Mの字はかなり歪んでいたし、一部が欠けていて、まるで誰かが真ん中から引き裂いたかに見えた。どうやら少なくともふたつの袋に火がつかなかったか、そもそも配置されなかったようだ。エッガーは一度大きく息を吸うと、マリーのほうに身体を向けて、暗闇のなかでなんとかその表情を読もうとした。「女房になってくれるか？」とエッガーは訊いた。

「ええ」とマリーはささやいた。あまりに小さな声で、エッガーは本当に正しく聞いたかどうか、自信がもてなかった。「なってくれるか、マリー？」エッガーはもう一度訊いた。「ええ、なる」マリーは今度はしっかりした声で言い、エッガーは切り株からいまにも仰向けに倒れるのではないかと思ったが、なんとか踏ん張った。ふたりは抱き合い、しばらくして抱擁を解いたときには、山の火はすでに消えていた。

エッガーの過ごす夜は、もはや孤独ではなくなった。同じベッドのなか、すぐ隣に、かすかな寝息を立てて妻が横たわっている。ときどきエッガーは、毛布の下で盛り上がるその体をじっと見つめることがあった。それは、結婚してからの幾週ものあいだに徐々によく知るようになった体でありながら、いまだに理解しがたい奇跡のように思われるのだった。エッガーはいま、書類の上では三十三歳になり、自分の義務を自覚していた。マリーを守り、マリーを養う。かつてそう自分に誓った。その誓いを守りたかった。それゆえ、ある月曜日の朝、エッガーは再び部長の事務室へ行き、机の前に立ったのだった。「もっと仕事が欲しい」エッガーは言って、毛糸の帽子を手の中でこねくり回した。部長は顔を上げると、仏頂面でエッガーを見つめた。「もっと仕事が欲しい奴なんていない！」「俺は欲しい。これから家庭を作るんだ」

「ということは、もっと金が欲しいんだろう。仕事じゃなくて」

「あんたがそう思うんなら、そうなんだろう」

「ああ、俺はそう思うぞ。いまいくら稼いでる?」

「時給六十グロッシェン」

部長は椅子の背にもたれると、窓の外を眺めた。埃っぽいガラスの向こうに、ハーネンの白い先端が見える。部長が、ゆっくりと片手で禿げ頭を撫でた。そして、鼻から息を吐きだすと、エッガーの目をまっすぐに見つめた。「八十にしてやろう。だがな、最後の一グロッシェンの分まで身を粉にして働いてもらうぞ。いいか?」

エッガーはうなずき、部長はため息をついた。そしてこう言った。その言葉を、エッガーはその瞬間には理解できなかったが、一生のあいだ忘れることはなかった。「人の時間は買える。人の日々を盗むこともできるし、一生を奪うことだってできる。でもな、それぞれの瞬間だけは、ひとつたりと奪うことはできない。そういうことだ。さあ、とっとと出て行ってくれ!」

＊

〈ビッターマン親子会社〉の作業隊の工事は、いまでは森林限界を大きく越えており、山肌に長さほぼ一キロメートル半、ときに幅三十メートルにおよぶ傷跡を残していた。カーライトナー峰のすぐ下に建設予定の山頂駅まで、残すところわずか四百メートルほどだったが、山肌は急傾斜で、人が足を踏み入れるのは困難だった。さらに、最後はほぼ垂直の岩壁であるうえに、頂上部分がせり出しており、その形のせいで地元民からは「巨人の頭」と呼ばれる代物だった。エッガーは何日にもわたって、この「巨人の頭」のまさに顎にあたる部分にぶらさがり、花崗岩に穴を開けて、そこに下腕ほどの大きさの留めネジを取り付けた。後に管理技術者が使うことになる鉄の梯子を支えるためのネジだ。密かに誇らしい気持ちで、エッガーは、いつかこの梯子を上る男たちのことを考えた。自分たちがまだ生きているのは、ひとえにエッガーとその腕前のおかげであることなど、想像もしてみない男たち。短い休憩時間には、エッガーは岩の突端に座って、谷を見はるかした。数週間前から古い通りが埋められ、舗装されている。立ち込める蒸気のなかに、ツルハシとスコップで熱いアスファルトと格闘する男たちの輪郭が見えた。遠く離れた場所から見ると、まるでなんの物音も立てていないかのようだった。

冬になると、エッガーはいまだに会社の給与支払い名簿に名前が載っている数少ない男たちのひとりになった。ほんの数人の男たち——そのなかには、生涯にわたる森での経験のおかげで会社にとって非常に有用な人材と見なされていたトーマス・マトルも含まれていた——とともに、エッガーは伐採地を広げ、石や古い木や根茎を取り除く作業を続けた。腰まで雪に埋まりながら、凍り付いた地面から木の根を掘り出すこともしょっちゅうだった。そんなときは、風が凍った雪の破片を散弾のように顔に吹き付け、皮膚から血が流れだす。男たちは仕事中には必要最小限しか話さず、昼休みにも黙ったまま、雪に覆われたモミの木の下に座って、棒に巻き付けたパン生地を火であぶった。一列になって下草をくぐり、嵐のあいだは風の届かない岩陰に座って、寒さでひび割れた手に息を吹きかけた。俺たちはまるで獣だ、とエッガーは思った。地面を這い、手近な木の陰で排泄し、周りの景色とほとんど見分けがつかないほど汚れている。家でエッガーを待っているマリーのことも、しょっちゅう考えた。もはやひとりではない。それはいまだになじみのない感覚だったが、それでも目の前の火よりも強くエッガーを暖めてくれた。エッガーは残り火に、カチカチに凍り付いたブーツを引っかけた。

春が来て、雪が解け始め、森のあらゆる場所で密かに滴がしたたり、流れ出すころ、エッガーの作業隊で事故が起きた。雪の重みで倒れたハイマツの木を解体中に、鋭い音を立てて木がたわみ、幹が裂けて、人の背丈ほどもある一部がしなり、若い木こりのグストル・グロレラーの右腕を直撃したのだ。不運なことにグロレラーは、ちょうど右手で握った斧を頭上高々と振りかぶったところだった。グロレラーは倒れ、斧の柄を握りしめたまま二メートルほど離れた地面に転がった自分の腕を、ぽかんと見つめた。一瞬、奇妙な沈黙がすべてを押し包んだ。まるで、森じゅうが息を止めたかのようだった。やがて最初に動いたのは、トーマス・マトルだった。「イエス様」マトルは言った。「こりゃひどい」道具箱から、樹皮をはぐための金属紐を取り出すと、赤黒い血が湧き上がるグロレラーの腕の根もとに力いっぱい巻き付けた。グロレラーは悲鳴を上げ、上半身をのたうちまわらせたが、やがて意識を失って突っ伏した。

「すぐに片付く」マトルはそう言って、自分の汗拭き用の布をグロレラーの傷に巻き付けた。「こんなにあっという間に失血死した奴なんていないからな！」男たちのひとりが、木の枝を折って担架を作ろうと提案した。もうひとりが、片手いっぱいの森の薬草を傷口に擦りこみ始めたが、すぐにほかの男たちに押しのけられた。結局、最善の道は、けが人をこのまま背負って村まで降り、そこでディーゼルトラックの荷台に寝かせてしっかり縛り付け、病院へ向かうことだという結論が出た。ロンバルディア出身の機械工がグロレラーの体を地面から抱き起こし、べったりと重い袋のように肩に担いだ。ちぎれた腕をどうするべきかについて、短い議論が始まった。包んで一緒に持っていくべきだという意見があった。もしかしたら医者たちが縫い付けてくれるかもしれないから、と。途方もなく腕のいい医者だって、腕一本まるまる縫い付けた奴はいない、という反論があった。それに、たとえなんとかして縫い付けたところで、腕はグロレラーの体の脇に醜く力なくぶら下がるだけで、残りの人生ずっと邪魔にしかならない、と。議論に終止符を打ったのは、グロレラー本人だった。意識を取り戻したグロレラーは、機械工の背中で頭を持ち上げた。

「俺の腕は森に埋めてくれ。もしかしたら、そこからオトギリソウが生えるかもな！」

　ほかの男たちが元木こりのグストル・グロレラーとともに村へ向かうあいだ、エッガーとトーマス・マトルは事故現場に残って、腕を埋葬した。ちぎれた腕の下の枯草と土は血で黒く染まり、斧の柄から引きはがすために触れたその指は蠟のような感触で、冷たかった。人さし指の先端に、真っ黒な小さいカミキリムシがいた。硬直したグロレラーの腕を目の前に掲げて、顔をしかめてしげしげと眺めながら、マトルが「妙なもんだな」と言った。「ついさっきまで、これはまだグロレラーの一部だったってのに、いまじゃ死んじまって、腐った木の枝ほどの値打ちもない。なあ、どう思う？　グロレラーはいまでもまだグロレラーのままなんだろうか？」

エッガーは肩をすくめた。「そうじゃない理屈はないだろう？　ただ腕が一本しかないグロレラーってだけだ」

「じゃあ、あの木がグロレラーの腕を二本ともちぎっちまってたら？」

「同じことだ。それでもグロレラーはグロレラーのままだ」

「それじゃあ、たとえばの話だぞ、両腕と両脚と頭半分がちぎれちまったとしたら？」

エッガーは考えた。「それでもやっぱり、グロレラーはグロレラーのままだろうな……ある意味で」突然、もはや確信が持てなくなった。

トーマス・マトルがため息をついた。グロレラーの腕をそっと道具箱の上に置く。それからエッガーとマトルはふたりで、鋤《すき》を使って地面に穴を掘った。いつの間にか森は再び呼吸を始めており、ふたりの頭上では鳥たちがさえずっていた。その日はずっと寒かったが、いまになってようやく雲が割れ、日の光がきらきら輝く束になって、木の葉の屋根をくぐって降り注ぎ、地面を柔らかなぬかるみに変えた。ふたりは小さな墓穴に腕を置くと、上から土をかけた。最後に視界から消えたのは、指だった。それらはしばらくのあいだ、巨大な幼虫のように土から突き出ていたが、やがて姿を消した。マトルが煙草の袋を取り出し、自分で彫って作ったプラムの木のパイプに葉を詰めた。

「死ぬってのはクソだな」マトルは言った。「時間がたてばたつほど、人はどんどんすり減ってく。とっとと終わる奴もいれば、ぐずぐず長い奴もいる。生まれた瞬間から、ひとつひとつ順繰りになくしていくんだ。まずは足の指一本、それから腕一本。まずは歯、それから顎。まずは思い出、それから記憶全部。そんな具合にな。で、しまいにはなにひとつ残らない。そして、最後に出がらしを穴に放り込んで、上から土をかけて、それでおしまいさ」

「それに、寒いんだ」エッガーは言った。「魂を食いちぎるような寒さなんだ」老マトルがエッガーを見つめた。それから口を歪めると、くわえたパイプの軸すれすれに、裂けたいまいましいハイマツの幹へと唾を吐いた。裂けた幹の先端には、グロレラーの血がこびりついていた。「馬鹿馬鹿しい。死ぬときにはなんにもありゃしないんだ。寒さもなけりゃ、魂なんてもっとない。死んだら死んだ、それだけだ。その後にはなにもない。もちろん愛すべき神様だっていやしない。だってな、もしも愛すべき神様がいるんなら、その神様の天の楽園ってのが、こんなにクソ遠いはずがないからな！」

トーマス・マトル自身は、その日からほぼ正確に九年後、この世から召された。一生のあいだ、仕事中に死にたいと望んでいたマトルだったが、結局そうはならなかった。労働者用宿舎にあるたったひとつの浴槽――でこぼこだらけの巨大な怪物めいた亜鉛メッキの鉄桶で、料理人のひとりがわずかな料金で労働者たちに貸し出していた――で、トーマス・マトルは眠り込んだ。目を覚ますと、湯は氷のように冷たくなっており、マトルは風邪を引いた。そしてその風邪から二度と快復しなかった。数日のあいだ、汗をかきながら寝床に横たわり、うわごとをつぶやいていた。とうの昔に死んだ母のことか、「人の生き血を吸う森の悪魔」に関するなにごとかだった。やがてある朝、マトルは起き上がり、元気になったので仕事に行くと宣言した。そしてズボンを穿き、ドアから出て、太陽に向かって首を突き出し、その場に倒れて死んだ。遺体は、会社が地域から買い上げた、村営墓地の隣にある急傾斜の牧草地に埋められた。集まることのできる労働者はほぼ全員、別れを告げにやってきて、現場監督のひとりがひねり出した短い弔辞に耳を傾けた。山での厳しい労働と、マトルの清い魂の話だった。

トーマス・マトルは、〈ビッターマン親子会社〉が一九四六年に倒産するまでに、仕事中に命を落としたと公式発表された三十七人の男のひとりだった。だが実際には、一九三〇年代以降急速に成長しつつあったロープウェイ建設事業で命を落とした男の数は、はるかに多かった。「ゴンドラひとつにつき、ひとりが土の下に埋められる」死ぬ直前のある夜、マトルはそう言った。だがそのころにはもう、ほかの男たちはマトルの言うことをそれほど真剣には受け取らなくなっていた。皆、熱がマトルの脳みそにある最後のひとかけらの理性まで焼き尽くしてしまったのだと思っていたからだ。

〈ビッターマン親子会社〉でのアンドレアス・エッガーの最初の一年はこうして終わり、「ヴェンデン山空中ロープウェイ」(というのが正式名称だったが、この名前を使うのは村長と観光客のみだった。地元の人間はこのロープウェイを、二体のゴンドラの色が真っ青であることに加えて、やや扁平な正面の形が村長の妻リーズルを連想させることから、単に「青いリーズル」と呼んだ)は、山頂駅での盛大な開通式典でお披露目された。谷の外から大挙してやってきた上流階級の人々が、薄いスーツとそれよりさらに薄いドレス姿で、震えながらプラットフォームに立ち、司祭が風に向かって祝福の祈りを怒鳴った。コクマルガラスのボサボサの羽のように聖衣をはためかせながら。エッガーは、「巨人の頭」の下の斜面にてんでに立つ同僚たちのなかにいて、頭上のプラットフォームで皆が拍手をするのが見えるたびに、腕を天に突きあげ、歓喜の雄叫びを上げた。胸のなかに、独特の雄大な気持ちと誇りを感じていた。自分がなにか大きなものの一部になったような気がした。そのなにかとは、自分ひとりの力(想像力も含めて)をはるかに超えるものであり、谷の人々の生活のみならず、ある意味でどこか人類全体を前に進めるものであることを、認識したように思った。数日前に、青いリーズルが試運転のため、用心深く揺れながら、それでもなんの問題もなしに、初めてロープを昇って以来、山々はその永遠の力の一部を失ったかのようだった。今後もさらなるロープウェイが建設される予定だった。会社は労働者ほぼ全員の契約を延長し、全部で十五本のロープウェイ建設計画を発表した。そのなかには、リュックサックやスキー板を身に着けたままの乗客を、箱に乗せるのではなく、ロープにむき出しのままぶら下げられた木の椅子に座らせて山頂へ運ぶという、身の毛もよだつ計画もあった。その計画を、エッガーはどちらかといえば馬鹿馬鹿しいと思ってはいたが、それでも密かに、そんな夢物語のような計画を脳みそからひねり出す技術者たちに、感嘆の念を抱いていた。どうやら、吹雪も夏の猛暑も、彼らの信念と、常に染みひとつなく磨かれた靴の輝きを損なうことはないようだった。

それから半生後、すなわちほぼ四十年が過ぎた一九七二年の夏、エッガーは同じ場所に立って、頭上はるか高くで銀色に輝く、かつての青いリーズルの後継に当たるゴンドラが、ほとんど聞こえないほどのかすかなうなり音と共にするすると昇っていくのを見上げていた。山頂駅のプラットフォームで、ズーッという後を引く音とともにゴンドラのドアが開くと、行楽客の群れが降りてきて、四方八方へ流れていき、まるで色鮮やかな虫のように、山のそこここに散らばる。能天気に岩場をよじ登り、常になんらかの隠された奇跡を探しているように見えるそんな人々に、エッガーは怒りを覚えていた。できれば彼らの前に立ちふさがって、意見を言ってやりたかった。だが実際のところ、自分が彼らのなにを非難したいのか、よくわからなかった。心の奥では密かに――それを認めるくらいの度量はエッガーにもあった――行楽客たちを羨んでいた。彼らが運動靴と短いズボンという恰好で、岩場を飛び跳ねたり、子供を肩車したり、写真機に笑顔を向けるようすを、エッガーは眺めていた。眺めているエッガーのほうは老人で、もはやなんの役にも立たず、まだある程度まっすぐに歩けることを喜んでいる。すでに長いあいだこの世界で生きてきて、世界が変わっていく様子を目の当たりにし、年を経るごとに地球の回転速度が上がっていくように思われることを知っている。なんだか自分が、とうに埋め立てられた時代の残りかすであるかのような気がした。できる限りの力を振り絞って太陽のほうへと体を伸ばす、棘だらけの雑草であるかのような。

山頂駅での開通式後の数週間と数か月は、アンドレアス・エッガーの人生で最も幸せな時期だった。エッガーは自分を、進歩という名の巨大な機械の、ちっぽけではあっても決して重要性がないわけではない小さな歯車だと見なしていた。そしてときどき、眠りに落ちる前に、決して動きを止めることなく森や山を切り開いて進むこの機械の腹のなかに座り、自身の汗の熱気に包まれて、機械の絶え間ない前進に貢献する自分の姿を想像した。この「自身の汗の熱気に包まれて」という言葉は、一冊のぼろぼろに読み古された雑誌に載っていたものだった。マリーが食堂の椅子の下で見つけてきて、ときどき夜にエッガーに読んで聞かせてくれる雑誌だ。町の流行のファッションや、庭の手入れ、ペットの飼い方、一般的な道徳といった多岐にわたる記事に混じって、その雑誌にはひとつの物語も載っていた。それは、とある没落したロシア貴族の物語だった。その貴族は、恋人である不思議な能力を持った農家の娘を、信仰に凝り固まった村の長老たち――そのなかには彼女の実の父も含まれる――の迫害から守るために、冬のあいだじゅう、ロシアの半分にも達するほどさまざまな場所を馬車で巡る。物語は悲劇的な終わり方をするが、いわゆる「ロマンティックな場面」をふんだんに含んでいた。そんな場面をマリーは、ほとんどそれとわからないほどかすかな震えを含んだ声で読み聞かせる。するとエッガーの胸には、嫌悪感と感動が奇妙に混ざり合った不思議な気持ちが湧き上がるのだった。エッガーはマリーの口から出てくる言葉に耳を澄ましながら、自分が包《くる》まっている毛布の下にじわじわと熱が広がっていくのを感じた。その熱は、やがて小屋中に広がっていくように思われた。没落貴族と農家の娘が、背後に馬の蹄の音と追跡者たちの怒号を聞きながら、馬車で雪原を疾走し、娘が恐怖で震えあがって伯爵の腕に身を投げ、旅ですでに汚れ切った服の袖口が伯爵の頬を撫でる場面になると、エッガーは毎回、耐え切れなくなった。そして、毛布を体からむしり取ると、燃えるような目で天井を見上げ、梁の下で炎の影がちらちらとまたたく薄暗がりを凝視するのだった。そんなときマリーは、そっと雑誌をベッドの下に置き、蠟燭を吹き消すと、「いらっしゃい」と暗闇にささやきかける。そしてエッガーは従うのだった。

一九三五年三月末、エッガーとマリーは、日没後、戸口に座って谷を見下ろしていた。何週間も雪が降り続いた後、二日前に突然暖かくなった空気が、春の訪れを告げていた。いたるところで雪が解け、雨どいの下の燕の巣からは、すでに日中、雛たちのくちばしが覗いていた。燕の両親は、早朝から晩まで、くちばしに虫をくわえて子供たちのもとへと飛び、エッガーは、「あいつら全員の糞だけで、じゅうぶん新しい家の基礎を固められるぞ」と言った。だがマリーは鳥が好きで、鳥は幸せを運んでくるし、悪を家に寄せ付けないのだと言った。そこでエッガーは燕の糞となんとか折り合いをつけ、巣はそこに留まることになったのだった。

エッガーは、谷間の村とその向こうの山の斜面に視線をさまよわせた。多くの家の窓に、すでに明かりがともっている。しばらく前に谷に電気が引かれ、そここで、年老いた農民が部屋に置かれたランプの前に座り、明るい光を不思議そうに見つめる光景が見られる日もあった。労働者宿舎にもすでに明かりがともっており、細い鉄の煙突から、煙がほぼ垂直に、雲のかかった夕暮れの空へと立ち昇っていた。遠く離れたところから見ると、雲はまるで、細い糸で家々の屋根にくくりつけられ、谷の上空に浮かぶ、巨大で不格好な風船のように見えた。青いリーズルのゴンドラは止まっており、エッガーは、いまこの瞬間に灯油缶を持って機械室に潜り込み、滑車に油を差しているふたりの管理技術者のことを考えた。すでに二本目のロープウェイも完成しており、三本目のために、隣の谷では森を切り開き始めていた。伐採地は最初の二本を合わせたより距離も長く、幅も広くなる予定だ。エッガーは、己の土地である雪に覆われた目の前の急斜面を見下ろした。満足感のかすかな温かい波が胸の内に湧きあがり、飛び上がって自分の幸せを世界に向かって叫びたいほどだった。だがマリーがあまりに静かに落ち着いて座っているので、エッガーも座ったままでいた。

「もっと野菜を植えられるかもな」エッガーは言った。「菜園を広げればいい。家の裏に。ジャガイモ、タマネギ、そんなところか」

「うん、悪くないわね、アンドレアス」マリーが言った。エッガーはマリーをまじまじと見つめた。マリーにこれまで名前で呼びかけられた記憶はなかった。名前を呼ばれたのはそのときが初めてで、なんだか変な気分だった。マリーは手の甲でさっと額をぬぐい、エッガーはまた目をそらした。「こんな土地にそういうのが育つかどうか、わからんがな」そう言って、靴の先端で凍った土をほじくった。

「なにかが育つわよ。きっとすごく素敵なものが」マリーは言った。エッガーは再びマリーを見つめた。マリーは上半身をやや後ろに倒していて、顔は戸口の陰になってよく見えなかった。ただその瞳の場所だけが、おぼろげに推測できた。暗闇に輝く二粒の滴。

「どうしてそんな顔をしてるんだ?」小さな声で、エッガーは尋ねた。突然、あまりに身近でありながら、同時にあまりに見知らぬ存在であるこの女の隣にこうして座っているのが、苦しくなった。マリーは上半身を少し起こして、両手を膝に載せた。エッガーにはその手が、いつになく白く華奢に思われた。ほんの数時間前まで斧で薪を割っていたとはとても思えない手だった。エッガーは腕を伸ばして、マリーの肩に触れた。膝の上のマリーの白い両手にいまだに目を向けたままでいながら、エッガーには彼女が微笑んでいるのがわかった。


その夜、エッガーは奇妙な音で目を覚ました。それはかすかな予感に過ぎなかった。壁の周囲をかすめていく優しい囁き声。エッガーは暗闇のなかに横たわったまま、耳を澄ました。隣に横たわる妻の体の温かさを感じ、妻のかすかな寝息を聞いた。やがてエッガーは起き上がり、外へ出た。暖かな南風が吹きつけてきて、手からドアがもぎ取られそうになった。夜空を黒い雲が激しい勢いで突っ切り、その隙間からときどき、青白く不格好な月が顔を覗かせた。エッガーは草地を少し上ってみた。雪は重く湿っていて、いたるところで雪解け水がゴボゴボと音を立てて流れていた。エッガーは、野菜のこと、ほかにするべき諸々の仕事のことを考えた。ここの土壌は決して豊かではない。だがなんとかなるはずだ。ヤギを一匹飼ってもいい。いや、牛を飼うことだってできるかもしれない、と思った。牛乳のためだ。そこでエッガーは立ち止まった。どこか高いところで、音が聞こえた。まるで山の内部のなにかが、ため息とともに破裂したかのような音。それから低いうなりがどんどん大きくなり、一瞬後には足元の地面が震え始めた。エッガーは急に寒気を覚えた。ほんの数秒のうちに、うなりは耳をつんざくような甲高い音になった。エッガーはじっと立ち尽くしたまま、山が歌い始めるのを聞いた。すると、二十メートルほど向こうを、なにか大きな黒いものが音もなく転がっていった。それが木の幹だと気づくよりも早く、エッガーは走り出していた。深い雪のなかを小屋まで駆け戻り、マリーの名を呼んだ。だが次の瞬間、なにかがエッガーをとらえ、高く持ち上げた。自分がどこかへ運ばれていくのを感じた。黒い波に呑み込まれる前に最後に目に映ったのは、まるで体の残りの部分とのつながりを失ったかのように空へと突き出した自分の両脚だった。

意識を取り戻したときには、雲は姿を消し、夜空には月が真っ白く輝いていた。その光を受けて、周囲にぐるりと山々がそびえている。凍った頂は、まるで鉛を打ち抜いて作られたようで、その鋭くくっきりとした稜線で空を切り刻むかに見えた。エッガーは斜めに傾いた姿勢で、仰向けに倒れていた。頭と腕は動かすことができたが、下半身は腰まで雪に埋もれていた。エッガーは雪を掘り始めた。両手で雪を掬い、少しずつ脚を掻き出していく。やがてついに自由になった脚を見て、エッガーは驚愕した。それは二本の木切れのように冷たく、よそよそしく、目の前に投げ出されていた。エッガーはこぶしで太腿を叩いた。「こんなときに俺を見捨てないでくれよ」そう言って、血と同時に痛みが脚へと流れ込んでくると、ようやくしわがれた笑い声を上げた。なんとか立ち上がろうとしたが、すぐにまた尻もちをついた。役に立たない脚に向かって悪態をつき、幼い子供の体より弱々しい自分の体に悪態をついた。「いい加減にしろ、立ち上がれ！」エッガーは自分にそう語りかけ、もう一度挑戦した。するとようやくうまく行き、エッガーは立ち上がった。あたりはすっかり様変わりしていた。木々や岩は雪崩の下敷きになり、地表は更地になっていた。雪の塊が、巨大な毛布のように月光に照らされていた。周囲にそびえる山々を手掛かりに、自分の位置を測ってみた。いまわかる範囲では、どうやら自宅の小屋から三百メートルほど下方にいるようだ。上方に見える、雪崩でできた雪の丘の背後に、小屋があるに違いない。エッガーは歩き始めた。当初思ったよりも、歩みは遅かった。雪崩で積もった雪は予測がつかない。地面と一緒に焼き固めたかのように固いかと思えば、ほんの二歩先では、粉砂糖のようにふわふわと柔らかい。痛みもひどかった。特に、まっすぐなほうの脚が心配だった。太腿に鉄の棒が突き刺さっているかのようで、一歩進むごとに、その棒が肉に食い込んでいく。エッガーは、燕の雛たちのことを考えた。雪崩に押し流されていなければいいのだが。だが巣は安全な場所にあったし、自分は小屋の屋根を頑丈に作った。とはいえ、下の横桁は補強しなければならないだろう。それに屋根には石で重しをして、小屋の背後は、石積みの補強壁を山の斜面の奥まで造って支えなければならない。「それに、石は平らじゃなきゃならんぞ！」声に出して、自分にそう言い聞かせた。エッガーはそこでいったん立ち止まり、耳を澄ました。だが、なんの物音も聞こえない。南風はすでにやみ、いまはかすかな空気の流れが肌をかすめていくのみだ。再び歩き出す。周囲の世界は静かで、死に絶えていた。一瞬、この地球上の最後のひとりになってしまったような気がした。少なくとも、この谷の最後のひとりに。思わず笑いがこみあげた。「くだらん」そう言って、歩き続ける。雪の丘までの最後の数メートルは急斜面で、四つん這いになって進まざるを得なかった。指の下の雪はもろく、奇妙に温かく感じられた。おかしなことに、脚の痛みはいつの間にか消えていた。だが骨の奥深くには、いまだに寒さが居座っていた。そのせいで、自分の骨がガラスのように軽く、もろくなったように思われた。「すぐに行くからな」そう言った。自分自身に言ったのか、マリーに言ったのか、それともほかの誰かに言ったのか。だが次の瞬間、その言葉を聞く者はもはやいないことを、エッガーは悟った。丘の頂上にたどり着き、身を乗り出したエッガーは、思わず嘆きの声を上げた。雪のなかに膝を突き、かつて自分の家があった場所が月光に照らされているのを見つめた。静寂に向かって、妻の名を呼んだ。「マリー！　マリー！」立ち上がり、自分の土地をあてもなくうろうろと歩き回った。膝まで積もった柔らかな雪の層の下には、ローラーで押し固められたかのように固く凍った雪の層があった。いたるところに、屋根のこけら板、石、割れた木材が散乱している。天水桶に付いていた鉄輪と、そのすぐ隣に転がる片方のブーツが目に入った。小高くなった場所では、地面から煙突の一部が突き出ていた。エッガーは数歩進んだ。小屋の入口が埋まっていると思われる場所まで。そこに膝を突くと、雪を掘り始めた。両手から血が出て、膝の下の雪を黒く染めるまで、掘って掘って掘り続けた。一時間ほどたち、ほぼ一メートル半掘り進んだところで、雪崩に破壊され、セメントで固められたかのように雪に嵌まりこんだ梁に傷だらけの指が触れたとき、エッガーは掘るのをやめた。立ち上がり、夜空を見上げた。そして上半身から前のめりに倒れ、自分の血を吸い込んだ雪に顔をぶつけた。

個々の報告の断片がつなぎ合わされて、その夜の出来事が地元民の頭のなかで把握可能な形にまとまるまでには、何週間もかかった。雪崩は午前二時半に発生した。アルマー峰の五十メートルほど下で、雪庇《せっぴ》から巨大な塊が剝がれ落ち、激しい勢いで山を転がり落ちたのだ。発生地点の斜面がほぼ垂直だったせいで、雪崩はすぐに速度を増し、破壊的な痕跡を残しながら谷へと向かった。雪塊は村の背後の出口すれすれをかすめ、谷の逆側にまで上り、そこでやや小規模の新たな雪崩を引き起こした。その雪崩の北端は、〈ビッターマン親子会社〉の労働者宿舎にまでおよび、トーマス・マトルが入浴した古い浴槽から腕一本分手前で、ようやく止まった。雪崩は森の木々を根こそぎ引き抜いてさらい、村の池のほとりの丘まで、地面を深くえぐった。村人たちは、鈍い爆発音が聞こえたと語った。続いてザーザー、またはゴーゴーという、巨大な牛の群れの足音に似た音がして、それが山からあっという間に村へと近づいてきた。爆風で窓が震え、いたるところで壁際の聖母像や十字架が倒れた。人々は慌ただしく家から転がり出て、通りへ向かった。すくめた頭の上では、雪の雲が舞い上がり、星々を呑み込むかのようだった。村人たちは礼拝堂の前に集まり、女たちのささやくような祈りの声が、次第に小さくなる雪崩の轟音に重なった。ゆっくりと、雪の雲は再び地に沈み、すべてを細かく白いヴェールで覆い尽くした。谷に死の静寂が訪れ、村人たちは惨事が終わったことを知ったのだった。

被害は甚大だった。一八七三年の大規模な雪崩の後よりも、さらにひどかった。村の長老たちのなかには、いまでも憶えているという者がある。オクフライナー農場の家庭祭壇に刻まれた十六の十字架が、当時亡くなった十六人の魂の物言わぬ証人だった。今回の雪崩では、四つの農場、ふたつの大きな干し草小屋、村長所有の小川の水車小屋、そして五棟の労働者宿舎と一棟の仮設便所が全壊、または少なくともほぼ全壊した。牛十九頭、豚二十八頭、無数の鶏、そして村に六匹しかいなかった羊すべてが死んだ。家畜たちの死骸は、トラクターや素手で雪から掘り出され、もはや用途のない木材の破片とともに燃やされた。それから何日間も、燃える肉の悪臭が空気中に漂い、ついに冬を押しのけてやってきた春の香りをかき消した。春の訪れによって雪は解け、被害の全貌が明らかになった。それでも村人たちは、日曜日には礼拝堂に集まり、神の恩寵に感謝した。雪崩が奪った人命がたった三つに過ぎなかったことは、神の慈悲としか説明しようがなかったからだ。亡くなったのはまず、ヨナッサー夫妻ズィモンとヘトヴィヒ。この年老いた農民夫婦の家は雪にすっかり覆われてしまい、救助隊が寝室まで雪を掘り進めてみると、ふたりはベッドの上でしっかりと抱き合っていた。互いに顔をくっつけ合って、窒息死していた。落命したもうひとりは、宿屋の手伝いマリー・ライゼンバッハー。アンドレアス・エッガーの若い花嫁だった。

当夜のうちに大急ぎで編成された救助隊の男たちが見つけたのは、雪に呑み込まれたエッガーの小屋と、雪を素手で掘った穴の前に体を丸めて倒れているエッガー本人だった。エッガーが後に聞かされた話によれば、男たちがその場に近づいていってもエッガーはまったく動かず、この黒ずんだ人間の残骸のなかにまだ命が宿っているほうに、たとえ一グロッシェンなりと賭けようと思う者はいなかったという。エッガー自身は、救出されたときのことはなにひとつ憶えていなかったが、それでも、夜の暗闇から浮かび上がってきて、まるで幽霊のようにふうわりと揺れながらゆっくりと近づいてくる松明のおぼろげな光景は、死ぬまで心のなかに抱き続けた。

マリーの亡骸は掘り出され、礼拝堂にヨナッサー夫妻と並べて安置された後、埋葬のために村の墓地へと運ばれた。葬儀は輝くような陽光のもとで行われ、盛り上がった墓穴の上空では、今年最初のマルハナバチが飛びまわっていた。エッガーは背もたれのない椅子に腰かけていた。病み、悲しみのあまり硬直したまま、お悔やみの言葉を受け取った。皆が語りかける言葉が理解できなかった。握手のために差し出される手は、なにか見知らぬ物体のように感じられた。

その後の数週間、エッガーは〈金のカモシカ亭〉で暮らした。ほとんどの時間は、亭主があてがってくれたリネン室裏のちっぽけな部屋に置かれたベッドに横たわって過ごした。折れた脚の骨は、なかなか治らなかった。骨接ぎのアロイス・クランメラーはもう何年も前に他界していたため（癌に口蓋と顎関節の半分、それに頬の肉を食いちぎられ、最後には頬にまるで窓のようにぽっかりと穴が開き、そこから歯が丸見えだった）、村役場の医者にわざわざ来てもらわねばならなかった。医者は昨夏に村に赴任したばかりで、どんどん増え続けるハイキング客とスキー客がくじいたり、違えたり、折ったりした手足の修復を主な生業としていた。〈ビッターマン親子会社〉が医療費を負担し、エッガーの二本の脚には真っ白に輝くギプスがはめられた。二週間が過ぎるころには、背中の後ろに分厚い藁の枕を入れてもらって、上半身を起こすことができるようになった。そして、それまで土の器からすすっていた牛乳を、カップで飲めるようになった。三週間後にはかなり回復したので、〈金のカモシカ亭〉の亭主とバー係が、毎日昼頃になると、エッガーの体を馬用の毛布で包み、ベッドから抱き起して、ドアの前の小さな白樺の木のベンチに座らせるようになった。そのベンチからは、かつてエッガーの家があった斜面が見えた。いまではそこには、うららかな春の太陽に照らされた小石の山があるばかりだった。

五月も終わりに近づくころ、エッガーは厨房係のひとりに頼んで、鋭く刃を研いだ肉切包丁を手に入れた。そして、その包丁でギプスを根気よく切ったり叩いたりして、ついに二つに割ることに成功した。割れたギプスのなかから、脚が現れた。樹皮をはいだ二本の小枝のように白く細い脚が、シーツの上に投げ出されていた。その眺めは、何週間も前、雪のなかから掘り出したときの硬直した冷たい脚の眺めよりも、さらに奇妙に思われた。

それから二、三日、エッガーは消耗した体を引きずって、ベッドと白樺のベンチを往復した。やがて、ようやく脚がまた体の一部になり、もう少し長い距離を歩くだけの力も戻ってきたと感じられるようになった。数週間ぶりに、エッガーは再びズボンを穿き、自分の土地へと向かった。雪崩に薙ぎ払われた森を歩きながら、小さな丸い雲がびっしり浮かぶ空を見上げ、ちぎれて転がる木々の枝や倒れた幹の狭間から芽を出し、いたるところで咲く花々を眺めた。白い花、こっくりと黄色い花、輝く青い花。エッガーはすべてを正確に観察しようとした。今後のために、記憶しておけるように。なにが起きたのかを理解したかった。だが、何時間もかけてようやく自分のちっぽけな土地にたどり着き、散乱する梁や板を目にしたとき、エッガーは、理解できることなどなにひとつないのだと悟った。

岩のひとつに腰を下ろして、マリーのことを考えた。あの夜になにがあったのかを想像してみた。心の目に浮かび上がったのは、悲惨な光景だった。毛布から出した腕を伸ばして、ベッドに上半身をまっすぐ起こしたマリーが、目を大きく見開いて、外の暗闇に耳を澄ましている。そしてほんの一秒後、雪崩が巨人のこぶしのように壁を突き破り、マリーの体を冷たい土に押し倒す。

＊

雪崩が起きてからほぼ半年後の秋、エッガーは会社の仕事のために谷を去り、各地を渡り歩く生活を始めた。とはいえ、木を扱う重労働にはもはや使えない身体になっていた。「お前みたいな男をどう使えばいいっていうんだ？」足を引きずりながら音もなく絨毯を踏んで近づき、机の前にうつむいて立つエッガーに、部長はそう言った。「もうお前にできる仕事なんぞないだろう」エッガーはうなずき、部長はため息をついた。「女房のことは、気の毒だったな」部長は言った。「だがな、あの雪崩が岩を爆破したことと関係があるなんて、頼むから言い出さないでくれよ。最後の爆破は、雪崩の何週間も前だったんだからな！」

「言い出さんよ」エッガーは言った。部長は首をかしげて、しばらくのあいだ窓から外を眺めていた。

「それとも、山には記憶があると思うか？」唐突に、部長は訊いた。エッガーは肩をすくめた。部長は脇へ屈みこむと、うがいの音を響かせ、足元に置かれたブリキの器に唾を吐いた。「わかった」やがて、部長はそう言った。「ビッターマン親子会社はこれまで十七本のロープウェイを建設したし、それで終わりじゃないことは信じてもらっていい。板を足にくくりつけて山を滑り降りる遊びに、どいつもこいつも夢中だからな」ブリキの器を靴の爪先で机の下に押し込むと、部長は真面目な顔でエッガーを見つめた。「どうしてなのかは、神のみぞ知るだ」と言う。「いずれにしても、ロープウェイは管理点検せにゃならん。ロープを点検したり、滑車に油を差したり、ゴンドラを修繕したり、そういったことだ。お前は、四六時中足の下に地面がなくても大丈夫だろう？」

「たぶん」とエッガーは言った。

「それじゃ決まった」と部長が言った。

エッガーは少人数の作業隊に組み入れられた。隊員は片手で数えられるほどの人数の、揃いも揃って無口な男たちで、山の太陽にあぶられた髭だらけの顔に、彼らの魂の震えが表れることはほとんどなかった。一行は、たいていはライトバンの荷台に取り付けられた簡易ベッドに座って、次々とアスファルト舗装されていく山の道を、ロープウェイからロープウェイへと移動し、複雑すぎて地元の労働者の手には負えない管理点検作業に従事した。エッガーの仕事は、安全綱一本と手動ブレーキ付き滑走装置で鋼鉄のロープに取り付けられた木組みの架台に腰かけて、ゆっくりと谷へと降りながら、ロープや支柱から埃、氷、固まった鳥の糞を取り除き、その後に新鮮な油を差すというものだった。誰もやりたがらない仕事だった。この数年で、いずれも岩登りの経験豊かな男がふたり、落ちて死んだ話が広まっていたからだ。不注意からなのか、装置が悪かったのか、それとも単に、ときに鋼鉄のロープを何メートルも左右に揺らす風のせいなのかはわからない。だがエッガーは怖くなかった。自分の命が細い綱一本に懸かっていることはわかっていたが、支柱によじ登り、滑走装置を発進させて、安全用のカラビナを掛けると、気持ちが落ち着くのを感じた。心を暗雲のように覆う混乱と絶望のもの思いが、山の空気のなかで少しずつ薄れていき、やがて純粋な悲しみのほかにはなにひとつ残らなくなるのを。

何か月にもわたって、エッガーは谷から谷へと移動した。夜はライトバンのなかか、安宿の部屋で眠り、昼は天と地の狭間にぶら下がった。冬が山々を覆っていくのを目にした。降りしきる雪のなかで働いた。ワイヤーブラシでロープから氷を掻き落とし、支柱から長い氷柱を叩き落とした。すると氷柱は、エッガーの足のはるか下方でかすかな音とともに砕けるか、音もなく雪に呑み込まれていくのだった。遠くから、よく雪崩の鈍い轟きが聞こえてきた。ときに近づいてくるように思えることがあり、そんなときエッガーは、自分をこの場から押し流し、最後にはロープや鋼鉄の支柱やこの世界もろとも圧し潰す白い巨大な波が見えはしないかと、山肌を見上げた。だが毎回、轟音はやみ、コクマルガラスの明るい鳴き声が再び聞こえてくるのだった。

春になり、作業隊はもとの谷へと戻ってきた。エッガーはしばらくそこに滞在して、青いリーズルの下の伐採地から倒木を取り除き、支柱の基礎に入った小さなひびを修繕することになった。再び〈金のカモシカ亭〉に部屋を取った。当時、折れた脚とともに何日も過ごしたのと同じ部屋だ。毎晩のように疲れ切って山から戻り、ベッドの端に腰かけて配給の食料の残りを食べ、枕に頭をつけるやいなや、夢も見ない重い眠りに落ちた。一度、真夜中に奇妙な感覚に襲われて目を覚ました。天井にある埃だらけの小窓を見上げると、ガラスに無数の蛾が止まっていた。蛾の羽が月光に輝き、ほとんど聞こえないほどかすかな、紙をめくるような音を立てて、窓ガラスを打っていた。一瞬エッガーは、蛾の出現をなにかの印だと考えた。だが、それが自分にとってなにを意味するのかがわからず、結局目を閉じて、もう一度眠ろうと試みた。ただの蛾だ、と自分に言い聞かせた。馬鹿なつまらん蛾じゃないか、と。早朝に目を覚ますと、蛾は姿を消していた。

エッガーは数週間、村に滞在した。見る限りでは、村は雪崩によってもたらされた数々の傷から、ほぼ回復したようだった。それからエッガーは村を出て、各地を渡り歩いた。村にいるあいだは、自分の土地を見にいくことも、墓地へ行くことも避けた。それに、小さな白樺のベンチにも腰かけなかった。谷から谷へと渡り歩き、山々の狭間で宙に浮き、季節が色付きの絵のように移り変わっていくのを眼下に眺めた。それはエッガーになにも語りかけないし、エッガーとはなんの関わりもない絵だった。後にエッガーは、雪崩の後の年月を、空虚な沈黙の時代として思い出すことになる。その時代が再び生命で満たされていく過程は、ほとんどそれとわからないほど緩慢だった。

ある晴れた秋の日、一巻の紙やすりが手から落ち、怖いもの知らずの鹿のように斜面を転がり落ちたかと思うと、崖を越えて深淵へと消えた。そのときエッガーは、久しぶりに仕事の手を休めて、周囲の景色を眺めた。太陽の位置は低く、遠くの山の頂上までがはっきりと見えた。あたかも、誰かがたったいま空に描いたばかりのように。すぐ近くに、たった一本きり、燃えるような黄色に輝くカエデの木があり、その少し向こうでは、牛たちが草を食《は》んでいた。長く細い影が、牛たちののんびりした歩みとともに草地を移動していく。小さな子牛小屋の軒下に、ハイキング客のグループが腰かけていた。彼らがお互いにしゃべり、笑い合う声が聞こえる。その声はエッガーにとって、異質でありながら同時に心地よいものだった。エッガーはマリーの声のことを考えた。その声を聞くのがどれほど好きだったかを。マリーの声の旋律と響きを思い出そうとしてみた。だがうまくいかなかった。「せめて声だけでも残ってればなあ!」エッガーは声に出して、自分に語りかけた。それからゆっくりと架台を滑らせて次の支柱まで進むと、支柱をつたい降りて、紙やすりを探しにいった。

三日後、じめじめした寒い一日を、山頂駅の土台のリベットから錆をこそぎ落として過ごしたエッガーは、晩にトラックの荷台から飛び降りると、作業隊の男たちとともに宿泊している小さな宿へ戻った。部屋へ向かう途中、酢漬けキュウリの匂いがする宿の女主人の居間の前を通りかかった。年配の女主人は、ひとりでテーブルについていた。両肘をテーブルについて、手で顔を覆っている。テーブルには大きなラジオが置いてある。普段ならこの時間には、金管楽器の音楽か、アドルフ・ヒトラーの興奮した声の奔流が流れてくるラジオだ。だがその日、ラジオは沈黙したままで、エッガーに聞こえるのは、老女が顔を覆った両手のなかでかすかな息をつく音のみだった。「気分が悪いんですか?」エッガーは尋ねた。

女主人が顔を上げ、エッガーを見つめた。顔には指の跡がついている。その白い線に、ゆっくりとまた血が巡り始めるのがわかる。「戦争になったのよ」女主人が言った。

「誰がそんなことを?」エッガーは訊いた。

「誰って、ラジオよ」女主人はそう言って、目の前の大きな箱に敵意のこもった視線を投げた。エッガーは、女主人が後頭部に手をやり、素早い二段階の動作で髪をほどくのを見ていた。髪が肩に落ちた。亜麻の繊維のような、長くて黄色い髪。女主人は一瞬肩を震わせ、いまにも泣き出しそうに見えたが、結局立ち上がると、エッガーの脇をすり抜けて廊下へ出た。薄汚れた猫が女主人を出迎え、しばらくのあいだ彼女の脚の周囲を回っていたが、やがてひとりと一匹は揃って角を曲がり、姿を消した。

翌朝、エッガーは軍務に志願するため、故郷の村へと向かった。それは、なんらかの思索を巡らせた結果たどり着いた結論ではなかった。ふいにやってきたものだった。まるで遠くから呼び声が聞こえたかのようで、エッガーはその声に従わねばならないと悟ったのだった。十七歳のときにも一度、徴兵検査に呼び出されたことがあった。だがそのときは、クランツシュトッカーが異議を唱え、それが認められた。クランツシュトッカーは、もし自分の腕から愛する義理の息子(ちなみに家族中で一番の労働力でもある)を奪って、イタリア野郎や、(なお悪いことに)バゲット食いどもとの戦闘にけしかけるというのなら、自分の農場全部に火をつけて燃やしてくれ、どうせ同じことだ、と言ったのだった。当時エッガーは、心の中でクランツシュトッカーに感謝したものだった。人生で失うものなどなかったが、それでも、人生からまだ得られるものはあると思っていたからだ。だがいまは違う。

ある程度穏やかな天気だったので、エッガーは徒歩で出発した。一日中歩き、古い干草小屋で夜を過ごし、翌朝まだ日の出前に、再び歩き始めた。最近、道沿いに並ぶようになった細い柱に張り渡された電話線が規則的にうなる音に耳を澄まし、その日最初の陽光が、山々を夜の闇から浮かび上がらせるのを見つめた。もう何千回と目にしてきたにもかかわらず、その日のその光景は、独特の魅力でエッガーの胸を打った。人生でこれほど美しく、同時に畏怖の念を呼び起こすものを見た記憶はなかった。

村に滞在したのは束の間だった。「君は歳を取りすぎているし、おまけに足を引きずって歩くじゃないか」〈金のカモシカ亭〉で、白いテーブルクロスをかけて鉤十字の小旗を飾ったテーブル前に腰かけた士官がそう言った。この士官と村長、それに年配のタイプライター係の女性とが、徴兵委員会のメンバーだった。

「戦争に行きたい」エッガーは言った。

「軍が君みたいな人間を必要とするとでも思うのか？」士官が訊いた。「我々を誰だと思ってる？」

「馬鹿なことを考えるな、アンドレアス。仕事に戻れ」村長がそう言って、話はそこまでになった。タイプライター係が一枚の書類にスタンプを押し、エッガーはロープウェイの仕事に戻った。

それから四年もたたない一九四二年十一月、エッガーは再び同じ徴兵委員会の前に立った。だが今回は志願したのではなく、召集されたのだった。なぜ突然、軍が自分のような人間をやはり必要とするようになったのか、エッガーにはさっぱりわからなかった。いずれにせよ、時代は変わったようだ。

「君はなにができる？」四年前と同じ士官が訊いた。

「山のことならよく知ってる」エッガーは答えた。「鋼鉄のロープを研磨したり、岩に穴をあけたりできる！」

「それはいい」士官が言った。「コーカサスという地名を聞いたことがあるか？」

「いや」エッガーは答えた。

「別にいい」士官が言った。「アンドレアス・エッガー、君には従軍能力があると認める。東部解放の名誉ある任務につくように！」

エッガーは窓から外を見た。雨が降り始めており、大きな雨粒が窓ガラスを叩き、食堂の部屋を薄暗くしていた。目の端に、村長がゆっくりと前かがみになり、テーブルの表面をじっと見下ろすのが映った。

全部で八年以上を、エッガーはロシアで過ごした。だが前線にいた期間は二か月にも満たず、残りの年月は、黒海の北にはるかに広がる草原地帯のどこかにある戦争捕虜収容所で暮らした。当初の任務はある程度明快だった（東部解放のほかに、石油産出の確保および石油採掘施設の防衛・維持も任務に含まれていた）が、ほんの数日後にはもう、自分がなぜここにいるのか、なんのために、誰と闘っているのか、はっきりとはわからなくなった。地平線を縁取る山々の稜線に、砲火が輝く花のように咲き誇り、その照り返しが、恐怖にひきつり、絶望し、感情をなくした兵士たちの顔を浮かび上がらせる、そんなコーカサスの漆黒の冬の夜には、なにに意味があり、なにに意味がないかなどという思考は、芽生える間もなく潰えていくかのようだった。エッガーは、ものごとの背後の意味を考えたりはしなかった。ただ命令を実行する――それだけだった。ちなみに、エッガーの意見では、もっとずっと酷いことになっていても不思議ではなかった。山岳地帯に到着してからほんの数週間後、エッガーは真夜中に、ふたりの戦友に連れられて、高度約四千メートルの岩山の頂上にある幅の狭い平坦地へと連れていかれた。ふたりは寡黙な男で、明らかにあたりの地理に通じていた。上官の説明によれば、エッガーは呼び戻されるまでそこに留まることになっていた。一列の発破孔を開けるためでもあり、また、前線を守り、場合によっては戦って維持するためだった。いったいどの前線のことなのか、そもそも前線とはどういうもののことを指すのか、エッガーにはさっぱりわからなかったが、それでも自分の任務に不満はなかった。ふたりの戦友は、道具とテントと食料箱、それに週に一度補給のために戻ってくるという約束を残し、エッガーをその場にひとり置き去りにして戻っていった。そこでエッガーは、可能な限り快適にその場を設えた。そして、昼間は岩にいくつもの穴を開けて過ごした。まずは岩の表面に付着した分厚い氷の層を叩き割って取り除かねばならないこともしょっちゅうだった。夜はテントのなかに横たわり、刺すような寒さのなか、なんとか眠ろうとした。手持ちの装備は、寝袋と、毛布二枚、毛皮の裏地の付いた冬のブーツ、山の狩人が着る分厚い綿入れの上着だった。また、凍り付いた雪庇のなかにテントが半分入るように設営したので、わずかなりと風から身を守ることができた。風はときに、爆撃機の轟音や高射砲の爆裂音さえかき消すほどのすさまじい音を立てて吹き付けた。だが、あらゆる装備や工夫をもってしても、外の寒さを食い止めることはできなかった。寒さはあらゆる縫い目を潜り抜け、服の下、肌の下へと忍び込み、体中の繊維という繊維にがっちりと絡みつくかのようだった。火を焚くことは固く禁じられており、禁を破れば死刑だった。だが、たとえ許されていたとしても、頂上は森林限界のはるか上にあり、どこまで見渡しても、燃やすことができる小枝一本、落ちてはいなかった。ときにエッガーは、小さな灯油調理器に火をつけて、保存食を温めた。だが、そのちっぽけな炎は、エッガーをあざ笑っているようにしか見えなかった。その火で指先をやけどし、体の残りの部分は、火をつける前よりさらに凍えた。エッガーは夜を恐れた。寝袋のなかで丸くなっていると、寒さのあまり目に涙が浮かんだ。ときに夢を見た。混乱した、痛みに満ちた夢で、心のなかに吹きすさぶ吹雪のなかから奇妙に歪んだ顔が現れて、追いかけてきた。一度、そんな夢から飛び起きた。なにか柔らかな動く物体がテントのなかに忍び込んできて、こちらをじっと見つめているような気がしたからだ。「イエス様！」エッガーは小声でつぶやき、鼓動がゆっくりと鎮まっていくのを待った。そして寝袋をはねのけると、テントから這い出た。空は星ひとつなく、真っ暗だった。周囲もすべて暗闇に沈み、完全な静寂に覆われていた。エッガーは岩の上に腰かけると、暗闇に目を凝らした。再び鼓動が激しくなるのが聞こえ、その瞬間、そこにいるのが自分ひとりでないことを悟った。その感覚がどこから来たのかはわからない。目に見えるのはただ夜の闇ばかり、聞こえるのは自分の鼓動ばかり。だがこの空の下のどこか、すぐ近くに、自分以外のもうひとつの生き物がいるのを感じた。テントの前にどれくらいそうして座り、暗闇に耳を澄ましていたのかはわからない。だが、その日最初の青白い光の筋が山の上に現れたとき、エッガーは、もうひとつの生き物がどこにいるのかを知った。エッガーがいまいる山頂の平坦地の西端にある峡谷の向こう側に、断崖から突き出た岩がある。エッガーのいる場所からは直線距離で三十メートル、ヤギ一匹の確固たる足場にも足りるかどうかという幅の狭い岩だ。その上に、ロシア兵がひとり立っていた。その姿は、徐々に明るさを増す早朝の光に照らされて、あっという間に鮮明になっていった。その兵士は、ただそこに立っていた。不思議なほど身動きせず、ただエッガーのほうを見ていた。エッガーはといえば、いまだに岩の上に腰かけたまま、動くことができずにいた。その兵士は若く、都会育ちの少年のようなあどけない顔立ちをしていた。額は真っ白で皺ひとつなく、両目は奇妙に斜めに吊り上がっていた。兵士は武器を持っていた。コサックが持つ、剣の付いていない銃だ。その銃を紐で肩に吊り、右手をゆったりと銃床に置いている。ロシア兵はエッガーを見つめ、エッガーはロシア兵を見つめ、ふたりの周りにはコーカサスの冬の朝の静寂以外のなにものもなかった。ふたりのうちどちらが最初に動いたのか、エッガーは後にもはっきりと確信が持てなかった。いずれにせよ、ロシア兵の体がびくりと震え、エッガーは立ち上がった。ロシア兵は銃床から手を放して、袖口で額を拭った。そして踵を返すと、素早く、器用に、一度も振り返ることなく山を数メートル登っていき、岩のあいだに姿を消した。

エッガーはその後もしばらくのあいだそこに佇んだまま、考えた。そして、自分の命を奪ってもおかしくない敵と向かい合っていたことを理解した。それでも、その敵が姿を消した後には、それまでよりも深い孤独を感じた。

当初は、ふたりの戦友が約束通り数日おきにやってきては、食料を補給し、必要に応じて毛織の靴下や新しい削岩機を、前線からの知らせとともに運んできた（戦況は行ったり来たりで、敗北もあったが勝利もあり、全体的にはどうなっているのか、はっきりとはわからなかった）。ところがほんの数週間で、ふたりはやってこなくなり、十二月の末ごろ——削岩機で氷の板に毎日彫り続けた刻み目によれば、降誕祭の二日目——、エッガーは初めて、ふたりはもう来ないのではないかという疑念を抱いた。それからさらに一週間たっても誰も現れなかったので、一九四三年一月一日、雪がしんしんと降り積もるなか、エッガーは駐屯地へと戻ることにした。ほぼ二か月前に登ってきた道をたどって山を下り、やがてなじみの鉤十字の旗の赤い色が見えてきたときには、安堵した。だが、それから二秒とたたず即座に、駐屯地の境界を示すために目の前の地面に刺さっている旗が鉤十字ではなく、ソビエト社会主義共和国連邦のものであることに気づいた。その瞬間、エッガーが命拾いしたのは、集中力と機転のおかげにほかならない——その場で肩から銃をむしり取り、できる限り遠くへと投げ捨てたのだ。銃が鈍い音を立てて雪のなかに消えるのを目にしたその一瞬後、自分に向かって走ってくる警備兵たちの怒鳴り声が聞こえた。エッガーは両手を上げて、崩れるように地面に膝を突き、頭を垂れた。首筋に衝撃を感じ、前のめりに倒れた。体の上で低い声で交わされるロシア語が、まるで別の世界から聞こえてくる理解不能な雑音のように響いた。

二日間、エッガーは別のふたりの捕虜とともに、適当に釘を打って間に合わせで作られ、フェルトで覆われた木の箱のなかにしゃがんで過ごした。箱は幅、奥行きともに一メートル半ほどで、高さは一メートルにも満たなかった。ほとんどの時間、隙間から外を覗いて、周囲の動向からロシア人たちの計画と自分の未来を知る手がかりをつかもうとしていた。ようやく三日目に、耳ざわりなきしみ音とともに釘が木材から引き抜かれ、一枚の板が外へと倒れると、冬の光に目を射抜かれて、エッガーはもう二度と目を開けられないのではないかと恐れた。しばらくすると、結局目を開けることはできたが、突き刺すような明るさの記憶は、夜さえ輝く光で満たすかのように思われ、捕虜収容所での日々が終わりを告げた後もずっと、エッガーのなかに残っていた。それがようやくすっかり消えたのは、故郷に戻って何年もたった後だった。

ヴォロシロフグラード近郊の捕虜収容所までの移送には、六日かかった。エッガーは、ひとまとめにされた捕虜たちの群れの一員として、トラックの吹きさらしの荷台に揺られた。凄惨な旅だった。寒い昼も凍てつく夜も休みなく、砲火に引きちぎられた暗い空の下、凍り付いた人間や馬の手足がわだちから覗くどこまでも続く雪原を、トラックは進んだ。エッガーは後部の荷台の縁に座り、道沿いに並ぶ無数の木の十字架を眺めていた。マリーがよく読んで聞かせてくれた雑誌のことを思い出し、あの物語に描かれていた冬の景色が、目の前の凍り付き、傷ついた世界とどれほど遠く隔たっているかを思った。

捕虜のひとり――小柄なずんぐりした男で、頭を寒さから守るために、ぼろぼろに擦り切れた馬用の毛布の切れ端で覆っていた――が、道端の十字架は見た目ほど悲しいものではないと言った。天国へとまっすぐに続く道を示す、道しるべに過ぎないのだ、と。その男はヘルムート・モイダシュルという名で、笑い上戸だった。顔に叩きつける雪に笑い、袋を逆さに振って荷台に落とされる、瓦のように堅いパンに笑った。このパンはまともな家を建てるのに使うほうがいいな、と言って、あまりに大声で笑うので、ふたりのロシア人警備兵までが、一緒に笑い出すほどだった。ときどきモイダシュルは、雪に覆われた死体を検分して使えそうな衣服や食べ物を探す年老いた女たちに向かって、手を振った。どうせ地獄へ向かうのなら、悪魔と一緒に笑うしかないさ、とモイダシュルは言った。笑うのに金は一グロッシェンだってかからないし、どんなことだって我慢しやすくなる、と。

ヘルムート・モイダシュルは、ヴォロシロフグラードで死んでいくのをエッガーが目にした数多くの男たちの、最初のひとりになった。到着したその晩すでに、ひどい熱を出し、バラックのなかには何時間も、自分の毛布の切れ端で押し殺したモイダシュルの叫び声が響いた。翌朝、バラックの片隅で、彼の死体が見つかった。半分裸で、体を丸め、両手のこぶしをこめかみに押し当てていた。

ほんの数週間でエッガーは、収容所の裏にある白樺の林に埋められる死者の数を数えるのをやめた。カビがパンの一部であるように、死は生の一部だった。死とは熱だった。死とは飢えだった。死とはバラックの壁の隙間から吹き込む冬の風だった。

エッガーは、約百人から成る労働隊に組み入れられた。隊員たちは森で、または草原で働いた。木を切り倒し、草原の石を積んで低い壁を作り、ジャガイモの収穫を手伝い、夜のうちに死んだ男たちを埋葬した。冬のあいだ、エッガーは二百人ほどの男たちとともにバラックで眠った。だが、気温が許すようになるやいなや、戸外に積んだ藁の上に身を横たえた。ある暖かな夜に、誰かがうっかり電灯をつけ、そのせいで無数の南京虫が天井から落ちてきて以来、エッガーは戸外で眠るほうを好んだ。

戦争が終わったことは、共同便所で聞いた。緑色に光る蠅の大群に取り囲まれて、下水坑の上に渡した板に座っていたとき、突然すさまじい勢いでドアが開き、ひとりのロシア兵が顔を覗かせると、「ヒトラー終わり！　ヒトラー終わり！」と叫んだのだ。エッガーがなにも答えず、座ったままでいると、ロシア兵はドアを閉めて、笑いながら立ち去った。しばらくのあいだ、どんどん小さくなるその笑い声が、便所の外から響いてきたが、やがて点呼のサイレンがうなり始めた。

　それから三週間もたたないうちに、エッガーは先日のロシア人警備兵の熱狂と、その熱狂が生み出した希望を、再び忘れ去った。戦争が終わったことは、動かしがたい事実ではあった。だがそれは、収容所での生活に目に見える影響はまったく及ぼさなかった。仕事はそれまでと同じだったし、キビのスープはそれまでにも増して薄く、蠅は相変わらず素知らぬ顔で便所の梁の周りを飛び回っていた。さらに、捕虜たちの多くが、終戦は一時的なものに過ぎないのではないかと考えていた。確かに、ヒトラーは本当に「終わり」なのかもしれない、でも、頭のおかしいやつの後ろには、いつもまた別の、もっと頭のおかしいやつが控えているもので、なにもかもがまた最初から始まるのは時間の問題に過ぎない、というのが彼らの言い分だった。

　いつになく暖かなある冬の夜、エッガーは毛布に包まってバラックの前に腰かけ、亡き妻マリーに手紙を書いた。全焼したとある村の焼け跡を整理していたとき、ほぼ傷みのない状態の紙を一枚と、ちびた鉛筆を見つけたのだ。そこでいま、ゆっくりと、大きなたどたどしい文字で、手紙を書いているのだった。

愛するマリーへ

この手紙はロシアから書いている。ここの暮らしもそんなに悪くない。仕事があって、食べるものがあって、山がないから空は広々していて、はしっこまで見わたせないくらいだ。ただ、寒さだけはつらい。国とはちがう寒さだ。木くずを詰めて灯油にひたした麻袋がひとつでもここにあればいいんだが。昔はあんなにたくさん持っていたのに。でも不平を言うつもりはない。かちかちに冷たくなって雪にうもれているやつもたくさんいるのに、おれはいまだに星をながめているんだから。もしかしたら、君もこの星をながめているかもしれないな。ざんねんだけど、手紙はここで終わりだ。書くのにすごく時間がかかるんで、丘の向こうがもう明るくなってきた。

君のエッガーより

エッガーは手紙をできるだけ小さく折りたたむと、足元の土に埋めた。それから毛布を手に、バラックへ戻った。

エッガーのロシア生活が終わったのは、それからさらにほぼ六年がたった後だった。解放の予兆はなにひとつなかったが、一九五一年のある夏の日の早朝、捕虜たちはバラック前の空き地に集められ、服をすべて脱いで一か所に投げ集めるよう命じられた。悪臭を放つ衣服の大きな山ができた。その山はガソリンをかけて燃やされた。炎を見つめる男たちの顔には、いますぐ射殺されるのではないか、またはもっと悪いことが起きるのではないかという恐怖が浮かんでいた。だがロシア人たちは、大声で笑いながらてんでに言葉を交わしていた。そしてそのなかのひとりが捕虜のひとりの肩を抱き、自分のほうへ抱き寄せて、その裸の痩せ細った幽霊のような体とともに、馬鹿馬鹿しいペアダンスを踊りながら、炎の周りをぐるぐると回り出したのを見て、男たちの多くがようやく、今朝は良い朝かもしれないと気づいたのだった。

洗いたての服と、ひとりにつき一塊のパンとを与えられ、男たちは一時間後にはもう収容所を出て、一番近い駅へと行進していた。エッガーは列の後ろのほうについた。すぐ前を行くのは、いつもなにかに怯えたような大きな目の若い男で、数メートルも行かないうちに、がつがつと自分のパンを貪り始めた。最後のひとかけらを呑み込んでしまうと、男はもう一度振り返り、すでに数キロメートル背後に遠ざかった収容所に視線を投げた。またたく陽光のなか、収容所はもうほとんど見えなくなっていた。男はにやりと笑い、なにか言おうと口を開けたが、出てきたのは喉にものが詰まったような音だけだった。と思うと、男は泣き出した。おんおんと泣き叫び、涙と鼻水がぐちゃぐちゃに混ざり合った粘液が、汚れた頬をつたった。白髪頭で、疥癬《かいせん》だらけの顔を持つ大柄な年配の男が、泣く若者に近づき、震える肩に腕をまわすと、とっとと泣くのをやめろと言った。第一に、泣いても服の襟が濡れるだけで、いいことなどなにもない。第二に、泣きじゃくる声は熱病やペストと同じで感染する。自分は何千キロにもおよぶ帰途ずっと、めそめそ泣く女みたいなやつらの集団に囲まれて過ごすのはまっぴらだ。それになにより、涙は家に着いたときのためにとっておいたほうが賢明だ。家に帰れば泣く理由はいくらでもあるだろうから。そう言われて、若い男は泣くのをやめた。二歩後ろを歩いていたエッガーの耳には、それからもしばらく、若者が涙と最後のパンくずを呑み込む乾いた音が聞こえていた。

＊

帰郷後しばらく、エッガーは新しく建設された校舎の裏にある板張りの小屋で暮らした。村長の厚意によって村からエッガーに貸し与えられた小屋だった。村長はいまやもうナチではなく、家々の窓の外には、鉤十字の旗の代わりに、かつてのようにゼラニウムの花が飾られていた。ほかにも村はいろいろな点で変化していた。道は広くなっていた。一日何度も、ときにはほとんど間を置かずに、車のエンジンの音が響く。強烈な悪臭と煙を放つ古いディーゼルトラックを見かけることは、どんどん稀になっていった。ぴかぴかに輝く色とりどりの自動車が、谷の入口から次々に現れては、遠足やハイキングやスキーに来た客を村の広場に吐き出していく。村の農民たちの多くは貸し部屋を始め、ほとんどの家畜小屋から鶏や豚の姿が消えた。代わりに、いまやそこにはスキー板やストックが置かれ、鶏と豚の糞の臭いにワックスの匂いが取って替わっていた。〈金のカモシカ亭〉にも競争相手ができた。亭主は毎日のように、道の向かい側についい最近できたばかりの〈ミッテルホーファー亭〉に対する怒りを吐き出した。薄緑色の水漆喰を塗った正面壁と、玄関扉の上の〈ようこそ〉と書かれた輝く看板が人目を惹く。〈金のカモシカ亭〉の亭主は、ミッテルホーファー老人のことを嫌っていた。ただの酪農家が、どうして突然、堆肥フォークを片付けて、牛の代わりに観光客を家に置こうなどと思いついたのか、理解できずにいた。「百姓は百姓だ。一生かかったって宿屋の亭主にはなれん！」〈金のカモシカ亭〉の亭主はそう言ったが、実はひそかに、競争相手の存在が自分の商売の損にならないばかりか、逆に利益になっていることを、認めないわけにはいかなかった。やがて六〇年代末に、よぼよぼの老人になって死んだとき、亭主は〈金のカモシカ亭〉のほか、さらに三軒の宿屋と、数ヘクタールにおよぶ土地、かつてのロイドルト農場の家畜小屋の地下に作ったボウリング場、そして二本のスキーリフトの配当権を、一人娘に遺すことができた。未婚で少しばかり頑固なところのある娘は、四十をとうに越していたにもかかわらず、突然、谷一番の花嫁候補のひとりになった。

こういったあらゆる変化を、エッガーは静かな戸惑いとともに受け止めた。夜にはかなたに、いまはゲレンデと呼ばれるようになった斜面に沿って並ぶ支柱から、金属音が聞こえた。そして朝には、ベッドの頭側の壁の向こうから聞こえてくる子供たちの声で目が覚めた。その声は、教師が教室に入ってくると、ぴたりとやむのだった。エッガーは自分の子供時代のことを思い出した。学校に通った数年間のことを。当時は目の前に終わりなく延々と続いていた年月が、いまでは瞬きする間ほど短くはかなく思われる。そもそも、時間はエッガーを戸惑わせた。過去はあらゆる方向に変形して見え、記憶の時系列は混乱し、その形も重さも、奇妙にうつろい続けるのだった。ロシアで過ごした時間のほうが、マリーとともに過ごした時間よりずっと長いにもかかわらず、コーカサスとヴォロシロフグラードの収容所での年月は、マリーと過ごした最後の数日間とほとんど変わらないように思われた。ロープウェイを建設した年月は、後から振り返ると、たったひとつの季節に凝縮される一方、まるで人生の半分を、雄牛をつなぐ棒にうつぶせになって過ごしたような気がした。視線を地面に向け、小さな白い尻を夜の空に突き出して。

帰郷して数週間たったころ、エッガーはクランツシュトッカー老人に出会った。老人は農場の前に置いた牛の乳しぼり用のぐらぐらする腰かけに座っており、その前を通り過ぎたエッガーは、挨拶をした。クランツシュトッカーはゆっくりと顔を上げたが、そこにいるのがエッガーだとわかるまで、しばらくかかった。「お前か」クランツシュトッカーは老人特有のしゃがれた声でそう言った。「よりによってお前か！」エッガーは立ち止まり、クランツシュトッカーを見つめた。がっくりと肩を落として座り、黄味がかった目で見上げてくる老人を。膝に置かれた両手は、焚きつけ用の小枝のように痩せ細っており、半開きの口の中には、歯は一本も残っていないようだった。クランツシュトッカーの息子たちのうちふたりが戦争から戻ってこなかったこと、そのせいでクランツシュトッカーが食料備蓄庫の戸枠で首を吊ろうとしたことを、エッガーは噂で聞いていた。だが、もろくなっていた戸枠の木材は老人の体重を支え切れず、老いた農場主は生き残った。そしてそれ以来、死に憧れながら暮らしているのだった。クランツシュトッカーの目には、あらゆる曲がり角の向こうに死が待ち受けているのが見えた。そして夜になると、闇とともに永遠の平安が降りてくるに違いないと確信を持った。だが毎回のように、翌朝になると目が覚める。前日よりもますます病み、ますます世をすね、死への憧れにますます身も引き裂かれんばかりになって。

「こっちへ来い」頭を鶏のように前に突き出して、クランツシュトッカーが言った。「お前の姿を見せてくれ！」エッガーは老人に一歩近づいた。頬は落ちくぼみ、かつては黒々と輝いていた髪は、蜘蛛の糸のように白くまばらになって、こめかみから垂れさがっている。「俺はもうすぐ終わりだ。死は誰ひとり見逃さん」クランツシュトッカーは言った。「毎日、角を曲がってこっちへ来る足音が聞こえる。でも毎回、隣の農場の牛か、犬か、ぶらぶら歩いてくるどこかの阿呆の足音に過ぎん！」エッガーは足に根が生えたように、動くことができなかった。一瞬、自分が子供に戻ったような気がした。そして、この老人がいまにも立ち上がり、山のような巨大な体軀で自分を圧倒するのではないかという恐怖を感じた。「で、今日は誰かと思ったら、お前だ」老人は話し続ける。「お前みたいなやつらは、なんにも考えずに角を曲がって歩いてくるっていうのに、一方じゃどこにも行けない人間もいる。世の中に公平なんてあったもんじゃない。昔はクランツシュトッカーといえば、ちょっとは名の通った男だった。それがいまじゃどうだ。俺のこのざまを見ろ。腐った骨の塊だ。この場ですぐに塵になっちまわないだけの命が、なんとか残ってるに過ぎん。俺はな、一生のあいだ、まっすぐ背筋を伸ばして歩いてきたんだ。神様以外の誰の前にも、身を屈めたことはなかった。ところが、それに神様がどんな礼をしてくれた？ ふたりの息子を奪ったんだ。俺自身の血と肉を、この体から奪ったんだ。おまけにあの豚野郎、それだけじゃまだ足りないときた。こんなよぼよぼの百姓の体から、命の最後の一滴をまだ搾り取らないで、毎日のように朝早くから夜遅くまで、こうやって俺を農場の前に座らせて、死ぬのを待たせてやがる。だから俺はな、尻から血が出るくらいこうやって座り続けてるんだ。ところが角を曲がってやってくるやつといったら、家畜と人の影とお前だけってわけだ。よりによってお前とはな！」

クランツシュトッカーは自分の手を見下ろした。やせ衰えたしみだらけの指を。そしてヒューヒューと音を立てて、重い息を吸って吐いた。と思うと、突然顔を上げた。同時に、片手が矢のように素早く膝を離れ、エッガーの腕をつかんだ。

「いまならやれるぞ！」興奮に震える声で、クランツシュトッカーは叫んだ。「いまなら俺を殴れるぞ！　殴れ、な？　頼む、殴ってくれ！　頼むから、いい加減に殴り殺してくれ！」老人の指が腕に食い込み、エッガーは心臓に冷たい恐怖を感じた。老人の手を振りほどき、一歩後ずさりした。クランツシュトッカーは腕をだらりと垂らし、おとなしくなった。視線が再び地面に落ちた。エッガーは踵を返し、その場を立ち去った。

村を出てすぐのところで途切れる通りを歩きながら、エッガーは胃のあたりに不思議な虚無感を抱いていた。心の奥深くでは、老いた農場主に同情していた。老人が座っていた乳しぼり用の腰かけのことを思い出し、きちんとした椅子と毛布をやりたいと思った。だが同時に、老人の死を願ってもいた。細い坂道を、ピヒラー窪地まで歩いていく。窪地の地面は柔らかく、草は黒くて丈が短い。草の先端で震える水滴のせいで、野原全体が、まるでガラス玉を敷き詰めたかのようにきらきらと輝いている。ちっぽけな震える水滴が辛抱強く草の先端にぶら下がり、それでもついにはこぼれ落ちて、土に吸い込まれたり虚空に消えたりする光景を、エッガーは不思議な思いで見つめた。

クランツシュトッカーがついに救われたのは、それから何年も後、一九六〇年代も終わろうとするある秋の日だった。影のように自分の部屋に座りこんで、ラジオを聴いていたときのことだ。わずかなりと内容を理解しようと、テーブルの上にぐっと身を乗り出して、左耳をスピーカーにくっつけていた。ラジオからの声が、吹奏楽コンサートをお送りします、と伝えたとき、老人は突然叫び声をあげて、拳で何度も自分の胸を叩いた。やがて金管楽器のリズムに伴われて、死んで硬直した体が椅子から滑り落ちた。

葬儀の日はどしゃぶりの雨が降り続き、くるぶしまで浸かるほどの泥が流れ込んだ通りを、葬列はゆっくりと進んだ。このとき自身もすでに六十歳を超えていたエッガーは、最後列を歩いた。一生のあいだ己の幸福を叩きつぶしながら歩いたクランツシュトッカーのことを思った。降りしきる雨のなか、かつてのアハマンドル農場を改装した小さな食堂の前を通りかかったとき、ひとりの子供の奇妙なほど透き通った笑い声が聞こえてきた。一枚の窓がわずかに開いていて、窓ガラスが明るくまたたいていた。部屋のなかでは、亭主の幼い息子が、巨大なテレビの前に顔をくっつけるようにして座っていた。その額にテレビ映像が反射している。子供は片手でアンテナを握り、もう一方の手を腿に打ち付けながら笑っていた。あまりに激しく笑うので、唾がきらきら輝きながら飛び散って、テレビ画面に降り注ぐようすが、雨のヴェールを通してさえ、エッガーの目に入ってきた。エッガーは、立ち止まって額を窓に押し付けたい、一緒に笑いたいという衝動を感じた。だが葬列は進み続けた。暗く、静かに。エッガーの目の前には、弔問客たちがすくめる肩があった。雨が彼らの肩の上を、細い小川になって流れ落ちる。列の先頭では、霊柩車がまるで船のように、暮れ始めた空気のなかで揺れていた。子供の笑い声は、背後にどんどん遠ざかっていった。

人生で何度も熟考したことはあったが、結局エッガーはテレビを買わずじまいだった。ほとんどいつも金がないか、場所がないか、時間がないかで、そもそも考えてみれば、そんな種類の投資をするには、いずれにせよ必要なあらゆる前提条件が欠けているような気がした。たとえば、ほとんどの人間のように、何時間もちらちらまたたく画面の前に座って過ごすだけの忍耐力は、自分にはとてもありそうもないと思った。それに、心のなかでは密かに、テレビ画面は長い目で見れば人の目の光を鈍らせ、脳みそを溶かしてしまうに違いないと怪しんでもいた。それでも、テレビはエッガーにふたつの忘れがたい瞬間をもたらしてくれた。それをエッガーは、後々まで何度も記憶の奥から引っ張り出し、思い出しては、心地よい衝撃に浸った。ひとつめの瞬間を体験したのは、ある晩、〈金のカモシカ亭〉の奥の間でのことだった。そこにはしばらく前から、新品のインペリアル製テレビが置かれていた。エッガーが〈金のカモシカ亭〉を訪れるのは数か月ぶりだったので、店に入ったとたん、いつものような客たちのざわめきではなく、かすかな雑音の混じったどこか金属的なテレビの音が聞こえてきて、驚いた。奥の間へ行くと、いくつかのテーブルに全部で七、八人の客がおり、皆が戸棚ほどの大きさのテレビ画面にじっと見入っていた。エッガーはこのとき生まれて初めて、テレビ映像を間近で見た。まるで魔法のようにごく自然に、映像はエッガーの目の前で動き、〈金のカモシカ亭〉の空気の淀んだ奥の間に、エッガーがこれまで想像したこともなかった世界を運んできた。空高くそびえたつ細長い建物があった。屋根はまるで逆さまにした氷柱のように、空へと突き出している。たくさんの窓から紙吹雪が舞い、通りにいる人たちは笑ったり、叫んだり、帽子を空へ投げ上げたり、とにかく喜びで我を忘れているようだ。エッガーがすべてを理解する間もなく、画面はまるで音を立てずに爆発したかのようにばらばらにちぎれた。と思うと、破片は一秒もたたずにまた寄り集まり、まったく別の場面が作り出された。何脚かの木のベンチに、半そでシャツとオーヴァーオール姿の男たちが座って、十歳くらいの黒い肌の少女を見つめている。少女は檻のなかに跪《ひざまず》いて、目の前に横たわるライオンの鬣《たてがみ》を撫でている。ライオンがあくびをすると、細い糸を引く涎《よだれ》だらけの口のなかが見える。観客たちは拍手をし、少女はライオンの体に自分の体を擦り寄せる。一瞬、少女の体がライオンの鬣にすっぽり隠れてしまったように見える。エッガーは笑った。どちらかといえば、戸惑いからの笑いだった。他人がいる場所でテレビを見るときに、どういうふうに振る舞えばいいかがわからなかったからだ。エッガーは自分の無知を恥じた。まるで、大人たちの理解しがたい企てを見ている子供になったような気がした——確かにすべて興味深くはあるが、ひとつとして自分に関係があるとは思えなかった。

ところがそのとき、心の奥深くに触れる映像を見た。飛行機からひとりの若い女が降りてきたのだ。幅の狭い階段を滑走路へと降りてくるのは、単なるどこかの女ではなかった。それは、エッガーがそれまでの人生で見たなかで最も美しい生き物だった。その女はグレース・ケリーという名だった。エッガーにとっては聞いたこともない奇妙な響きの名前だったが、同時にそれは、その女に似合うただひとつの名前のようにも思われた。丈の短いコートを着たグレース・ケリーは、飛行場に集まって押し合いへし合いする群衆に手を振った。数人のレポーターが駆け寄っていく。彼らの矢継ぎ早の質問に答えるグレース・ケリーの金髪と、細くつややかな首筋に、陽光が降り注いでいる。この髪もこの首も、単なる想像の産物ではなく、この世界のどこかに、この髪と首を指先で触ったり、それどころか掌で撫でさえした人間がいるかもしれないと思いつき、エッガーは戦慄した。グレース・ケリーはもう一度手を振り、黒々とした口を大きく開けて笑った。エッガーは立ち上がると、食堂を出た。しばらくのあいだ目的もなく村の通りをうろうろと歩き回った挙句、礼拝堂前の階段に腰を下ろした。何世代にもわたる罪びとたちに踏まれて固くなった地面に目を落として、鼓動が再び鎮まるのを待った。グレース・ケリーの微笑みと、その目にあった悲しみとが、エッガーの魂をかき乱した。いったい自分の内面でなにが起きているのか、わからなかった。エッガーは長いあいだそこに座っていたが、やがて暗闇が立ち込めるころ、寒くなったのに気づいて、家へ帰った。

それは五〇年代の終わりのことだった。それよりずっと後、一九六九年の夏になってようやく、エッガーはテレビによるもうひとつの、種類はまったく違うとはいえ、やはり印象深い体験をした。そのころには、テレビはすでにほとんどの家庭の中心であり、晩に一家が集う主な理由となっていた。今回、エッガーはほぼ百五十人にのぼる村人たちとともに、新しくできた村役場の集会室に座って、ふたりの若いアメリカ人が初めて月に着陸するようすを見守ったのだった。放送のあいだじゅう、張り詰めた沈黙がその場を支配していた。ところが、ニール・アームストロングが埃っぽい月面に足を置いたとたん、皆が大歓声を上げた。まるで、少なくともほんの一瞬のあいだ、農民たちの肩にずっしりとのしかかる重荷のいくらかが滑り落ちたかのようだった。その後、大人にはビールが、子供にはジュースとクラッペンが振る舞われ、村の参事会員のひとりが短い演説をした。このような奇跡的な所業をそもそも可能にし、人類を今後、どこへだかわからないが、とにかくどこまでも前進させるであろう、とてつもない努力についての演説だった。エッガーは皆と同じように拍手をした。前方のテレビのなかでは、信じがたいことにまさにいまこの同じ瞬間に一同の頭上はるかかなたの月面を歩いているアメリカ人の幽霊のような影が、いまだに動き続けていた。一方エッガーは、夜の暗闇に沈むこの地球上の、まだ塗りたてのモルタルの匂いのする村役場の集会室に集まった村人たちと、秘密の絆で固く結ばれているような気がしていた。

ロシアから戻った当日さっそく、エッガーは〈ビッターマン親子会社〉の駐在地へと向かった。もし事前に誰かに尋ねていれば、そこまで歩く手間が省けたことだろう。バラックは消えていた。駐在地はなくなっていた。ところどころにセメントの跡や雑草に覆われた木材などがまだ残っており、かつてここで人間が働き、暮らしていたことを示していた。以前、部長が机に向かっていた場所には、小さな白い花々が咲いていた。

村でエッガーは、会社が終戦後すぐに倒産したことを聞いた。すでにその一年前に、最後まで残っていた労働者たちも引き揚げていた。会社が、当時すでに破れかぶれに近かった祖国からの呼びかけに従って、生産の重点を鋼鉄の支柱と二重ケーブルウィンチから武器へと移したからだ。炎のごとき愛国主義者だった老ビッターマンは、すでに第一次世界大戦において、片腕と右頬骨の破片を西部戦線の塹壕に残してきた男で、主にカービン銃の銃身と自走砲用の球継手を生産した。球継手はまともな代物だったが、カービン銃の弾倉の一部がひどい高温になると歪み、前線でいくつかの悲惨な事故を引き起こした。そのせいで老ビッターマンはやがて、自社が敗戦の責任の決して少なくない一端を負っていると確信するまでになった。そして、自宅の裏の森で自死を遂げた。確実を期して、父親の古い猟銃を使って。森番が発育不良の野生リンゴの木の下で死体を見つけたとき、粉々になった顔から飛び出した、一九一七年十一月二十三日の日付が刻まれた金属板が、光を放っていた。

こうしてロープウェイの建設と運営は複数の別会社に引き継がれたが、エッガーは訪ねたどの会社からも追い払われた。もう適切な人材ではない、というのが理由だった。終戦からほんの数年で、すでに古い作業工程は廃止されており、現代的交通手段の世界には、残念ながらエッガーのような人間の居場所はないということだった。

家に帰ると、エッガーはベッドの端に腰かけて、自分の両手を見つめた。沼沢土のように重く黒く、その手は膝の上に載っていた。皮膚は革のようで、獣の皮膚同様、皺だらけだった。畑や森で働いた年月が、多くの傷跡を残していた。そのひとつひとつが、なんらかの災難や苦労、または成功を物語るもののはずだった――もしエッガーがそれぞれの由来を覚えてさえいれば。マリーを捜して雪を掘ったあの夜以来、爪はひび割れ、肉に食い込んでいた。片方の親指の爪は真っ黒で、中央には小さな窪みがある。エッガーは両手を持ち上げて顔に近づけ、手の甲の皮膚を検分した。あちこちが、よじれた麻布のように見える。指先のタコと、手首の固い隆起を見つめた。ひびや皺のなかに溜まった汚れは、馬用のブラシを使っても、石鹸を使っても落ちない。皮膚の下を走る血管を見つめる。窓から降り注ぐ黄昏の光に向かって両手をかざしてみると、かすかに震えているのがわかった。それは老いた男の手だった。エッガーは再び手を下ろした。

しばらくのあいだ、エッガーは戦争帰還兵に国から支給される除隊金で暮らした。だがそれだけでは必要最小限のものを賄うことしかできなかったので、やがて若いころと同じように、あらゆる半端仕事を引き受けざるを得なくなった。昔と同様、エッガーは地下室にもぐったり、干し草をかき回したり、ジャガイモを入れた袋をかついだり、畑で身を粉にしたり、いまも残る牛小屋や豚小屋を掃除したりした。いまでも若い仕事仲間たちと同等に働けたし、三メートルもの高さのある干し草の山を背負って、よろめきながらゆっくりと放牧地の急斜面を降りる日もあった。だが晩にはベッドに倒れこみ、二度と自力では立ち上がれないような気がした。曲がったほうの脚は、いまでは膝のあたりの感覚がなく、頭を一センチでもねじると、腰に刺すような痛みが走った。痛みは燃える糸のように指先にまで伝わり、エッガーは仰向けに寝転がって、ぴくりとも動かずに、眠りを待つほかなくなるのだった。

一九五七年のある夏の未明、エッガーは日の出のずっと前にベッドを這い出して、戸外へ出た。痛みのせいで眠っていられなかったのだ。涼しい夜気のなかで体を動かすのは心地よかった。月光のもとで柔らかにうねる村の共用牧草地に沿って獣道を上っていき、眠る獣の背中のように突き出ているふたつの大岩のまわりをぐるりと回った。ほぼ一時間かけて斜面を上った後、最後にクルフター峰の下の、どんどん歩きにくくなる岩場を横切った。いつの間にか夜が明けようとしており、雪に覆われたかなたの山頂が輝き始めていた。ちょうど腰を下ろして、折り畳み式ナイフで靴底のはがれかけた革を切り取ろうとしたとき、とある岩の背後からひとりの年老いた男が現れ、両腕を広げて近づいてきた。「そこのお方、ご主人！」男は叫んだ。「ねえ、本物の人間ですよね？」

「だと思うが」エッガーは言った。そのとき、二つ目の人影——今度は年老いた女だ——が岩の後ろからよろめき出てくるのが見えた。ふたりとも、ひどい有様だった。混乱し、疲れと寒さで震えている。

エッガーに駆け寄ろうとした男が、その手に握られたナイフを見て、足を止めた。

「私らを殺そうなんて思ってませんよね？」驚いてそう尋ねる。

「ああ、神様、お守りください」男の背後で女がつぶやいた。

エッガーは黙ったままナイフをしまうと、目を見開いてこちらを凝視するふたりの老人の顔を見つめた。

「ご主人」再びそう言った男は、まるでいまにも泣き出しそうに見えた。「私ら、一晩中このへんを歩き回ってたんです。石だらけですよ！」

「石だらけ！」女が同意を表す。

「空の星よりも石のほうが多いんですからね！」

「ああ、神様、お守りください」

「私ら、道に迷ったんです」

「どっちを見ても真っ暗で、寒い夜に！」

「それに石だらけ！」男はそう言った。今度は本当に数滴の涙が次々と頬をつたい、それから首筋を流れ落ちていった。妻のほうが、哀願するようにエッガーの目を見つめた。

「うちの人、もう横になって死のうと思ってたんですよ」

「私ら、ロスコヴィッチっていいます」男が言った。「結婚して四十八年になります。ほとんど半世紀ですよ。それくらいたてば、お互い相手のことなんて知り尽くしてますし、気心も知れてます。ご主人、私の言うこと、わかりますか？」

「いや、あまり」エッガーは言った。「それに、俺はご主人じゃない。でも、もしよければ、谷まで連れていこうか」

村に着くと、ロスコヴィッチ氏はしぶるエッガーをどうしても抱きしめたいと言い張った。

「ありがとう！」感動の面持ちで、ロスコヴィッチ氏は言った。

「ほんとに、ありがとう！」妻が夫の言葉を繰り返した。

「ありがとう！　ありがとう！」

「いや、別に」エッガーはそう言って、一歩下がった。クルフター峰から山を下っていく道のりで、夫婦の恐怖感と絶望感はあっという間に霧散し、最初の曙光がふたりの顔を温めるころには、疲労感までもが急に消えてなくなったようだった。エッガーはふたりに、喉の渇きを癒すために山の草から朝露をすすって飲む方法を実演して見せた。そしてふたりはずっと、まるで子供のようにぺちゃくちゃとしゃべりながら、エッガーの後ろをついてきたのだった。

「お尋ねしたいんですが」ロスコヴィッチ氏が言った。「私らに、ちょっとこのあたりの山を案内してもらえませんかね。このへんのことは、ご自分の家の庭みたいに良く知っていなさるようだし」

「私たちにとっては、山歩きは散歩とはわけが違いますから！」妻が夫の後押しをした。「ほんの二、三日でいいんですよ。単に山を登って、また降りてくるだけで。謝礼のことは心配しないでくださいよ。人様に後ろ指さされるようなことはしないつもりですから。さあ、どうです？」

エッガーはこれからの数日に思いを馳せた。数メートルの高さに積まれた薪を割らねばならない。それから、雨で土が流れ出したジャガイモ畑も耕し直さなければ。どれほど分厚く固いタコもなんの防御にもならず、数時間後には手の中で燃えるように熱くなり始める鋤の柄のことを考えて、エッガーは身震いした。

「わかった」そう答えた。「できると思う」

それからまる一週間、エッガーは老夫婦を連れて、日ごとに道の難易度を上げながら、一帯の美しさを見せてまわった。その仕事はエッガーに喜びをもたらした。山を歩くのは楽だったし、山の空気は憂鬱な思いを頭から吹き払ってくれた。おまけに、あまり話をせずに済んだのも心地よかった。いずれにせよ話すことなどあまりないのに加えて、エッガーの後ろを歩く夫婦は激しく息を切らしていて、軽くヒューヒューと音を立てる肺から必要もない言葉を絞り出す余裕はなかったのだ。

一週間が過ぎると、夫婦は大げさに別れを告げ、ロスコヴィッチ氏がエッガーの上着のポケットに数枚の札を押し込んだ。夫も妻も瞳を潤ませながら、ようやく車に乗り込むと、まだ霧のかかった早朝の道を、故郷へと消えていった。

今回の新しい仕事を、エッガーは大いに気に入った。そこで、手作りの看板とともに、村の広場にある噴水の真横に立って、待った。最低限必要な情報は含みながら、同時に観光客を惹きつけるだけの魅力を備えた看板だと、エッガーは自負していた。

山が好きな人、ぜひどうぞ
わたし（生まれてこのかたずっと自然の中で暮らしてきました）がご案内します
ハイキング（荷物あり、または荷物なし）
遠足（半日、または一日）
登山

山の散歩（お年寄り、体の不自由な人、子供さん）
四季折々の自然ガイド（天候による）
早起きの人には日の出保証
日の入り保証（ただし谷に限る。山では危険すぎるため）

心にも体にも、危険はいっさいありません！
（値段は要相談、ただし高くはありません）

どうやら看板は人を惹きつけたようだった。仕事は最初から順調に入り、エッガーはもはや、もとのような半端仕事を引き受ける必要を感じなくなった。かつてと同じように、まだ暗いうちに起きることが多かったが、いまは畑に向かうのではなく、山を登り、日の出を眺める。その日最初の光を反射して、観光客たちの顔は、まるで内側から輝いているかのように見えた。そしてエッガーは、彼らが幸せなのを知るのだった。

夏には、エッガーのツアーの道のりは一番近くの山頂よりうんと遠くまで及ぶことも珍しくなかった。一方冬には、ほとんどの場合、短めの山歩きに留めた。だが、幅の広い輪かんじきを履いての山歩きは、夏のハイキングに比べても、決して楽とは言い難かった。エッガーはいつも先頭を行った。危険の可能性を視野に入れ、観光客たちのあえぎを背中に聞きながら。エッガーは観光客たちが好きだった。とはいえ、エッガーに世の中のことを説明しようとしたり、そのほかにもなんらかの愚かしい振る舞いに及ぶ者は、決して少なくなかった。だがエッガーは、遅くとも二時間かけて山を登った後には、彼らの傲慢な態度も、熱い頭にかいた汗とともに蒸発してしまうことを知っていた。そして最後には、なんとか目的地にたどり着いたことに対する感謝の念と、骨まで染み通った疲労感のほかにはなにも残らないことを。

ときどき、昔の自分の土地を通りかかることがあった。かつて家があった場所には、歳月とともに石が積み上がり、一種の壁ができていた。夏には石ころの隙間から白いケシの花が咲き、冬には子供たちが壁の上をスキーで飛び越えた。子供たちが斜面を滑り降りてきて、歓声とともに飛び上がり、一瞬宙を舞ってから器用に着地したり、まるで色とりどりの毛糸玉のように雪のなかを転がっていくのを、エッガーは見守った。幾晩もマリーと一緒に腰かけた戸口のことを思った。それに、長い鋼の釘を自分で曲げて作った簡単な錠のついた格子戸のことを。あの雪崩の後、格子戸はほかのたくさんの物と同様、どこかへ消え、雪が解けた後も二度と見つからなかった。まるではじめから存在しなかったかのように、忽然と姿を消してしまった。エッガーは、胸に悲しみが湧き上がるのを感じた。マリーとふたりの人生には、まだ多くのことがあったに違いないと思った。おそらく自分が想像するよりも、ずっと多くのことが。

たいていの場合、エッガーはツアーのあいだじゅう黙っていた。「口を開くやつは耳を閉じる」というのが、かつてトーマス・マトルの口癖で、エッガーの意見も同じだった。自分が話すかわりに、エッガーは人の言葉に耳を傾けた。彼らの息もつかせぬおしゃべりは、見知らぬ運命や見知らぬものの見方という秘密の世界へと、エッガーを誘《いざな》ってくれた。どうやら観光客たちは、自分たちがもうずっと前に失ってしまったと考えているなにかを取り戻すために、山へとやってくるようだった。そのなにかというのが正確にはなんなのか、エッガーにはさっぱりわからなかったが、時がたつにつれて、彼らは結局のところ、自分の後をついてよろよろと歩いているのではなく、なんらかの見知らぬ、飽くことなき憧れの後を追いかけているのだという確信を深めていった。

一度、ツヴァンツィガー山頂での休憩中、感動に打ち震えるひとりの若い男が、エッガーの肩をつかんで、叫ぶように語りかけてきた。「どこもかしこもこんなにきれいなのに、あんたには見えてないのかい！」エッガーは幸福感で歪んだ男の顔を見つめて、言った。

もんじゃない」

「見えてるが、すぐに雨になる。地面がぬかるんできたら、きれいな景色もなにもあった

長年のガイド経験のなかでたった一度だけ、危うく観光客のひとりの命が失われそうになったことがある。それは六〇年代終わりごろのある春の日のことだった。夜のあいだに冬が再びやってきていた。エッガーはその日、少人数のグループを率いて、新しい四人乗りチェアリフトの上にのびる眺望の良い道を歩く予定だった。一行がホイスラー峡谷にかかる小橋を渡っているとき、ひとりの太った女が濡れた板で足を滑らせて、均衡を失った。その女のすぐ前を歩いていたエッガーは、視界の端で、女の腕がぐるぐる回り、目に見えない糸に引っ張られるかのように片足が持ち上がるのをとらえた。橋の下は二十メートルの深淵だ。駆け寄るあいだ、エッガーは女の顔を見ていた。まるで深い畏怖の念に打たれたかのように、どんどんうしろに倒れていく顔を。板がきしむ音が聞こえたと思うと、女は背中から手すりにぶつかった。女が橋のへりを越えて深淵へと滑り落ちるというまさにその瞬間、エッガーは片手で女の足首をつかんだ。そして、手の中にある不思議なほど柔らかな肉に戸惑いつつも、もう一方の手で女の袖をつかみ、小橋に引っ張り上げた。女はそこに倒れたまま動かず、戸惑いながら雲を見上げているようだった。

「いま、危ないところだったわよね?」女は言った。言いながらエッガーの手を取り、そ

れを自分の頬に当てて、微笑みかけた。エッガーは戦慄しつつもうなずいた。女の頬の皮膚は湿っていた。掌の下に、ほとんどそれとわからないほどのかすかな震えを感じ、こうして肌を触れ合わせていることが、なんだか不適切なことに思われた。ふと、子供のころの体験を思い出した。十一歳ごろのことだっただろうか。農場主のクランツシュトッカーに夜中に叩き起こされ、牛の出産を手伝うようにと言われた。母牛はもう何時間も頑張っており、ぐるぐると歩き回っては、鼻先を血が出るまで壁にこすりつけていた。やがて鈍い声を上げたと思うと、母牛は横ざまに藁のなかに倒れた。灯油ランプのちらちらまたたく光のなかで、エッガー少年は、母牛が目玉をぐるぐる回すようす、脚のあいだからねばねばした粘液が流れ出てくるようすを目の当たりにした。子牛の前肢が見えてくると、それまで黙ったまま腰かけに座っていたクランツシュトッカーが立ち上がり、腕まくりをした。ところが子牛はそれ以上動かず、母牛もじっと横たわったままだった。と、母牛が突然頭を持ち上げ、喚き始めた。それは、子供だったエッガーの心臓に冷たい恐怖を吹き込む声だった。「こいつはダメだ!」クランツシュトッカーがそう言い、ふたりは一緒に、死んだ子牛を母牛の体から引っ張り出した。エッガーは子牛の首をつかむことになった。その皮膚は柔らかく、ぬるぬるしていて、ほんの一瞬、脈を感じたような気がした。指の下で、たった一度、どくりと脈動があったのだ。エッガーは息を詰めた。だがその後にはなにも続かず、クランツシュトッカーがぐったりした子牛の死体を戸外へと運んでいった。外にはすでに曙光が射していた。エッガー少年は牛小屋のなかで、床を掃除し、母牛の体を藁で拭いてやりながら、子牛のことを考えていた。心臓がたった一度鼓動するあいだしか生きていなかった子牛のことを。

太った女が微笑んだ。「たぶん私、どこも怪我してないと思う」そう言った。「ちょっと腿が痛いけど、それだけ。さあ、ここからはふたり並んで、一緒に谷まで足を引きずっていきましょう」

「いや」とエッガーは言い、立ち上がった。「足はひとりで引きずるもんだ！」

マリーの死後、エッガーは、たまに不器用な観光客の女を抱き上げて小川を渡ったり、滑りやすい岩場で手をつかんで引っ張り上げてやったりすることはあっても、それを除けば、女とはほんのわずかな接触さえなかった。自分の人生をなんとか立て直すのは大変だった。だから、何年もかけて手に入れた心の平安を、再び危険にさらすつもりなどさらさらなかった。そもそも、マリーのことさえほとんど理解していなかったのだ。ましてやほかの女など、謎のままだった。女たちがなにを望むのか、なにを望まないのかなど少しも知らなかったし、エッガーの前で女たちが言うことやすることの多くは、エッガーを戸惑わせるか、怒らせるか、さもなければエッガーの心を一種の硬直状態に陥れた。そしてその硬直から抜け出るには、とてつもない苦労が伴うのだった。一度、〈金のカモシカ亭〉で、季節労働者の女が、台所の匂いのする重い体で迫ってきて、エッガーの耳に卑猥な言葉をささやきかけたことがあった。その言葉に動揺するあまり、エッガーはスープの代金も支払わないまま食堂から走り出て、気持ちを落ち着けるために、凍り付いた山の斜面を真夜中まで歩き続けた。

そういった瞬間を体験するたびに、エッガーの心はかき乱された。だがそんな機会は年々減っていき、いつしかまったくなくなった。エッガー自身は、それを不幸だとは思わなかった。かつて一度、愛を得て、その愛を失った。それから先に同じようなことがもう一度起こるとは思えず、その点に関しては自分のなかでけりをつけていた。そして、いまだに繰り返し押し寄せてくる欲望との闘いは、最後まで自分ただひとりでやり遂げるしかないものだった。

ところが、七〇年代の初頭に、アンドレアス・エッガーはもう一度冒険を経験した。それは、残りの人生をひとりで過ごしたいという意思に、少なくとも秋の数日間という短い時間だけは立ちはだかることになった冒険だった。そのしばらく前からエッガーは、ベッドの背後の壁の向こうにある教室の雰囲気が変わったことに気づいていた。子供たちが騒ぐいつもの声は以前よりうるさくなり、休み時間を告げる鐘の音で、これまでも歓声をあげながら教室を出ていくのが常だった子供たちが、いまではあらゆる枷を外されたかのように騒がしくなっていた。生徒たちの、この騒音を伴う新たな明るさと自信の理由は、明らかに村立学校の教師の定年退職にあった。この教師は人生の大部分を、何世代にもわたる農家の子供たちの、現在その場その瞬間以上の事象をほとんど認識できないうすぼんやりした頭に、少なくとも最小限の読み書き計算の基礎を叩きこむことに費やしてきた。必要とあらば、自らの手で編んだ雄牛の尻尾の鞭を使って。その老教師は、最後の授業を終えると、窓を開けて、チョークの残りを箱ごとバラの花壇に投げ捨てると、その日のうちに村に背を向けた。この事実は、村の参事会員たちを恐慌に陥れた。ぜひとも牛の群れとスキー客に囲まれてキャリアを積みたいという後継者は、すぐには見つかりそうにないこともあって、なおさらだった。この問題の解決策は、アンナ・ホラーという人物の姿を取って現れた。隣の谷ですでに何年も前に定年退職した女教師で、臨時で授業を受け持ってもらえないかという村からの申し出を、静かな感謝の念とともに受けたのだ。アンナ・ホラーは、前任者とは違う教育観の持ち主だった。子供たちのなかにある成長する力を信頼して、古い雄牛の尻尾は校舎の外壁に引っかけて放置した。鞭はそこで何年も過ごすうちに、風雨にさらされてぼろぼろになり、伸びていく野生の蔦の足掛かりとして役立つことになった。

　だがエッガーのほうは、新種の教育論など知ったことではなかった。そこで、ある朝起きるとすぐに、学校へ向かった。

「悪いんだが、うるさいんだ。男には休息ってもんが必要なんだがな」

「あなた、いったいどなた？」

「エッガーという者で、隣に住んでる。俺のベッドは、だいたいこのへんにあるんだ。黒板の真後ろに」

　女教師が、一歩エッガーに近づいた。エッガーより少なくとも頭一つ半は小さいが、席からエッガーをまじまじと見つめている子供たちを背後に従えているせいか、威圧的で、決して妥協などしそうになかった。エッガーはできればもっとなにか言いたかったが、結局黙ったまま、リノリウムの床に目を落とした。突然、こんなところに突っ立っている自分が馬鹿みたいに思われてきた。つまらない苦情を持ち込んだ老人。幼い子供たちでさえ、戸惑いも露わに見つめている。

「隣人を選ぶことはできませんけど」女教師が言った。「ひとつだけ確かなことがあるとしたら、あなたがとんでもない不作法な人だってことですよ！　私の授業の真っ最中に、招かれもしないのにやってきて。髪もとかさず、髭も剃らず、おまけに下着姿で。それとも、あなたが穿いているそれ、下着じゃないんですか？」

「寝間着のズボンだ」ここへ来てしまったことをすでにひどく後悔していたエッガーは、もごもごと言った。「ただ、何度か綻びをかがってあるだけで」

アンナ・ホラーはため息をつくと、「すぐに私の教室から出て行ってください」と言った。「もう一度来たかったら、ちゃんと体を洗って、髭を剃って、きちんとした服を着てきてください！」

エッガーは二度と行かなかった。騒音はなんとか我慢するか、必要なら耳に苔を詰めるつもりだった。エッガーにとっては、それでこの話はおしまいだった。もし次の日曜日に、扉が三度激しくノックされることがなければ、おそらくその後もなにも起きなかったことだろう。扉の外にはアンナ・ホラーが、ケーキを手に立っていた。

「なにか食べるものをお届けしようと思って」アンナは言った。「テーブルはどこかしら？」

エッガーは、家中でただひとつの椅子である、自作の乳しぼり用腰かけにアンナを座らせ、ケーキを古い食料保存箱の上に置いた。悪い時代が来るかもしれないという密かな恐怖から、いくらかの保存食――〈ハッゲマイヤーのおいしい肉のタマネギ煮込み〉――と一足の温かい靴を入れてある箱だ。「こういうケーキは、ぱさぱさのことが多いから」とエッガーは言って、陶器の水がめを手に、村の広場の噴水へと向かった。道すがら、いまこの瞬間も自分の部屋に座って、ケーキを切るのを待っている女性のことを考えた。おそらく歳は自分と同じくらいだろうと思った。だが長年の教師生活で、明らかに老けて見える。顔じゅう小じわだらけだし、きっちりと団子に結った黒髪の生え際は、雪のように白く輝いている。一瞬、奇妙な光景が脳裏をよぎった——ただ腰かけに座って待っている彼女の姿だけではない。彼女の存在それ自体が、エッガーが長年ひとりで暮らしてきたあの部屋を変化させ、膨張させ、なんとも不快に四方へと開け放ってしまう、そんな光景が浮かんだのだ。

「ここに暮らしてらっしゃるのね」かめに水を満たして戻ったエッガーに、女教師が言った。

「ああ」とエッガーは言った。

「人って、どんな場所でも幸せになれるものね」アンナ・ホラーが言った。その目は濃い褐色で、視線は温かく好意的だった。それでもアンナに見つめられると、居心地が悪かった。エッガーは自分の皿に載ったケーキに目を落として、人差し指で干しぶどうを一粒ほじくり出すと、こっそりと床に落とした。それからふたりはケーキを食べた。おいしいケーキであることは、認めないわけにはいかなかった。おいしいどころか、たぶんこのケーキは、自分がここ数年で食べたどんなものよりおいしい、とエッガーは思った。だがそれは、心のなかに留めておいた。

後になっても、ことがどんなふうに進行していったのか、エッガーにはとても説明がつかなかった。教師のアンナ・ホラーは、まるで当たり前のようにケーキを手に扉の前に立っていたのと同様、あまりに当たり前のようにエッガーの人生に登場し、あっという間にそこに自分の居場所を要求した。どうやら、そこは自分のための場所だと考えているようだった。自分の身にいったいなにが起きているのか、エッガーにはよくわからなかった。それに、礼を失したくはなかった。そういうわけで、エッガーはアンナと一緒に散歩に行ったり、日向に並んで腰を下ろして、コーヒーを飲んだりするようになった。それはアンナが常に保温瓶に入れて持ってくるコーヒーで、アンナの言によれば、悪魔の魂よりさらに黒いということだった。アンナ・ホラーは、常にこういった比喩を持ち出した。比喩のみならず、そもそも息つく暇もなくしゃべりっぱなしで、授業のこと、子供たちのこと、アンナ自身の人生のこと、とうに彼にふさわしい場所へと行ってしまった、どんなことがあっても決して決して信頼などすべきでなかったひとりの男のことなどを語り続けた。ときにアンナは、エッガーには理解できないことを言った。エッガーが一度も聞いたことのない言葉を使うこともあった。エッガーは密かに、そういった言葉は、アンナが正しい言葉を見つけられないときに自分で創り出したものではないかと考えていた。エッガーはアンナに好きなだけ語らせておいた。耳を傾け、ときどきうなずき、たまには「うん」とか「いいや」と言い、まるでホーエン・ケメラー山の北斜面を上ったかのように心臓の鼓動を速めるコーヒーを飲んだ。

ある日、アンナがエッガーを、青いリーズルでカーライトナー峰へ登ろうと誘った。上からは村全体が一望できる、とアンナは言った。学校は捨てられたちっぽけなマッチ箱みたいだし、目を細めれば、村の噴水で遊ぶ子供たちが、色とりどりの点のように見える、と。

ゴンドラが軽く一揺れして昇り出すと、エッガーは窓際に立った。アンナがすぐ背後にぴたりと立ち、エッガーの肩越しに外を見ているのがわかった。エッガーは、もう何年も上着を洗っていないことを思い出した。だが少なくとも、ズボンは先週、三十分ほど冷たい泉の水にさらして、その後に日の当たる岩の上で乾かしてあった。

「下にあるあそこの支柱が見えるか?」エッガーは訊いた。「あそこの基礎にセメントを流し込んだとき、落ちたやつがいた。前の日に飲みすぎて、昼時になったらばたんと倒れた。顔からセメントに突っ込んだんだ。倒れて、そのまま動かなかった。池にいる死んだ魚みたいに。そいつをそこから救い出すのに、かなりかかった。セメントはもうだいぶ固まりかけてたから。でもそいつは助かった。ただ、それ以来、片目が見えなくなった。セメントのせいなのか、酒のせいなのかはわからんが」

山頂駅に着くと、ふたりはしばらくのあいだプラットフォームに立って、谷を見下ろした。エッガーは、なんとかしてアンナを楽しませねばならないような気がして、村のいろいろなものを指さした。火事で燃えた家畜小屋の廃墟。カブ畑の上に急ごしらえで建てられた休暇用貸しアパート。山岳兵たちが戦後に礼拝堂裏に置き去りにして以来、子供たちがかくれんぼに使っている、錆と深紅のエニシダに覆われた巨大なボイラー。アンナ・ホラーは、新しいなにかを発見するたびに、声を上げて笑った。ときにその笑い声は風の音にすっかり呑み込まれてしまうので、あたかもアンナが声を出さないまま、満面の笑みを浮かべているかのように見えるのだった。

夕方に山麓駅に戻ると、ふたりはしばらくのあいだ並んで立って、ゴンドラが再び山を昇っていくのを見送った。エッガーは、なにを言っていいのか、そもそもなにか言うべきなのか、見当もつかなかったので、口をつぐんでいるほうを選んだ。駅舎の地下にある機械室から、モーターの鈍いうなりが聞こえていた。エッガーはアンナの視線が自分に向けられているのを感じた。「うちまで送ってくださいな」アンナはそう言うと、歩き出した。

アンナは村役場のすぐ裏の小さな部屋に住んでいた。村が代理教師としての勤務期間中に暮らせるようにと用意した部屋だった。アンナは事前に、ラードを塗ってタマネギを載せたパンを皿に用意しており、さらに部屋の外の窓際に、二本のビールを冷やしてあった。エッガーはパンを食べ、ビールを飲みながら、アンナの顔を直接見ないように努力した。「やっぱり男の人ね」アンナが言った。「本物の食欲がある、本物の男の人。そうでしょう？」

「かもな」エッガーはそう言って、肩をすくめた。

ゆっくりと日が暮れていき、アンナは立ち上がって、数歩で部屋を横切った。そして、小さな食器戸棚の前で立ち止まった。エッガーは、まるで床になにかを落としたかのように首を垂れるアンナの後ろ姿を見つめた。アンナの指は、スカートの裾をいじっている。靴のかかとには、いまだに土と埃がこびりついている。部屋のなかは、恐ろしいほど静かだった。まるで、もうとうにあらゆる谷から姿を消した静寂が、まさにこの瞬間、この小さな部屋にすべて集まったかのようだった。エッガーは咳ばらいをした。ビール瓶をテーブルに置いて、滴が一粒、ゆっくりとガラスをつたい落ち、テーブルクロスの上で、黒くて丸い染みになって広がっていくのを見つめた。アンナ・ホラーはいまだに食器戸棚の前に立っている。身動きもせず、うつむいたまま。やがてアンナは、まず頭を上げ、それから両手を上げた。

「人間って、この世では孤独なことが多いものでしょう」

それからアンナ・ホラーは振り返った。そして二本のろうそくに火をつけると、テーブルの上に置いた。カーテンを閉じる。扉に閂《かんぬき》をかける。

「来て」アンナは言った。

エッガーはいまだに、テーブルクロスの上の黒い染みを見つめていた。「女はひとりしか知らない」そう言った。

「構わない」アンナが言った。「私はそれでいいわ」

しばらく後、エッガーは隣で眠っている年老いた女を見つめていた。ふたりでベッドに入ると、アンナはエッガーの胸に手を載せた。アンナの手の下で、エッガーの心臓は、部屋全体を動かさんばかりの大音響で鼓動していた。だが、ことはうまく行かなかった。エッガーはためらいを乗り越えることができなかったのだ。まるで釘付けにされたかのように、その場にじっと横たわったまま、エッガーは、胸に載せられた手がどんどん重くなり、やがて肋骨の上まで滑り落ちて、心臓の真上に置かれるのを感じた。エッガーは、アンナの体を見つめた。横向きになって眠っている。頭は枕からずり落ち、髪は細い束になって、シーツの上に広がっている。半分向こうをむいた顔は、落ちくぼんで、肉がそげているように見えた。たくさんの皺のなかに、カーテンのわずかな隙間から部屋へと入り込む夜の光がからみついているかのようだ。エッガーはいつしか眠りに落ち、目が覚めたときには、アンナは体を丸めて背を向けており、枕で押し殺したすすり泣きが聞こえた。しばらくのあいだ、エッガーは心を決めかねて隣に横たわっていたが、やがて、もうこれ以上なにをどうすることもできないのを悟った。そこで音を立てずに起き上がり、部屋を出た。

その年のうちに、新しい教師が村に赴任した。少年のような顔をした若い男で、肩まである長い髪を後ろでひとつに結んでいた。夜は、セーターを編んだり、木の根を彫って小さな歪んだ十字架を作って過ごす男だった。学校にはかつての静寂と規律は二度と戻らず、エッガーもやがて、寝室の壁の裏から聞こえる騒音に慣れていった。エッガーが女教師アンナ・ホラーに会ったのは、その後ただ一度きりだった。アンナは買い物籠を手に、村の広場を歩いていた。ゆっくりと、不自然なほど小さな歩幅で、頭を垂れ、すっかり考えごとにふけっているようだった。エッガーに気づくと、アンナは片手を上げ、指をひらひらと動かして挨拶を送った。幼い子供に手を振るようなしぐさだった。エッガーは素早く視線を地面に落とした。だが後から、その瞬間の自分の卑怯な態度を恥じた。アンナ・ホラーは、来たときと同じように、静かに、目立たず村を去った。ある寒い朝、まだ日も出ないうちから、ふたつのトランクとともに郵便バスに乗り込み、最後列に座って、目を閉じた。運転手が後から語ったところによれば、アンナはバスに乗っているあいだじゅう、ついに一度もその目を開けなかったという。

その年の秋は、早くから雪が降り始めた。アンナ・ホラーが村を去ってほんの数週間後にはもう、スキー客たちが山麓駅に長い行列を作り、村のあちこちでは夜遅くまで、スキーの締め具を外す金属的な音や、スキー靴が雪を踏むきしみ音が響くようになった。降誕祭まであとわずかという、ある晴れた寒い日、エッガーは数人の年配グループと雪道をハイキングした後、家に向かって歩いていた。すると、道の向かい側を、興奮したようすの観光客の一団がこちらへと歩いてくるのが見えた。観光客の後ろには、数人の村人、村の警察官、さらにてんでに騒ぐ子供たちの一群が続いている。スキーウェア姿の若い男がふたり、自分たちのスキー板を使って、一種の即席担架を作ったようだった。その上に、なにかが載っていた。どうやら、運ぶのに細心の注意を払わねばならないもののようだ。男たちはそのなにかを、奇妙な畏怖の念とともに扱っていた。そのようすはエッガーに、日曜の礼拝で祭壇の周りをうろうろする侍者の少年の熱心さを思い出させた。エッガーは、なにが起きているのかよく見てみようと、通りを渡った。そして目に入った光景に、息を呑んだ。即席の担架の上には、ヤギハネスが横たわっていたのだ。

一瞬エッガーは、自分は理性を失ったのだろうかと考えた。だが、疑いの余地はなかった。目の前にいるのは、ヤギ飼いのヨハネス――正確に言えば、ヤギ飼いヨハネスの残骸――だった。ヤギハネスの体は、かちかちに凍っていた。見る限りでは、脚が一本欠けており、もう一本はグロテスクな角度に捻じ曲がって、担架から飛び出ている。腕は胸まわりにきつく巻き付き、両手からは乾いた肉の切れ端が垂れ下がっている。さらに、ほぼむき出しになった指の骨は、鶏のかぎ爪のように曲がっている。頭は、まるで誰かが無理やり後ろにぐいっと引っ張ったかのように大きくのけぞり、顔は氷のせいで、半分骨から剝がれ落ちている。顎関節と青黒い歯茎がむき出しになっており、あたかもにやりと笑っているかに見えた。まぶたは左右ともになくなっていたが、目はまったくの無傷で、大きく見開かれ、空を見上げているかのようだった。

エッガーはその場を離れたが、数歩行ったところで、再び立ち止まった。吐き気がして、耳の奥には轟音が渦巻いていた。担架を担ぐ男たちに、なにか言いたかった――だがなにを？　頭のなかで、さまざまな思いが飛び回った。だがそのどれひとつとして捕まえることができず、再び振り向いたときには、一行はとうに先を進んでいた。通りのうんと向こうを、行列は氷のように冷たい荷物とともに、礼拝堂のほうへと進んでいく。担架の片側には、警察官が付き添っている。そしてもう一方の側には、まるで枯れた木の根のように、ヤギハネスの脚が宙に突き出していた。

ヤギハネスは、ゲレンデの上方にあるフェルンアイス氷河のとある隙間で、冒険好きのバックカントリー・スキーヤー数人によって発見された。ヤギハネスの体を永遠の氷から掻き出すのに、数時間かかった。隙間の幅が狭かったために、鳥やその他の獣たちはほぼ遠ざけられ、氷がヤギハネスの体を何十年にもわたって保存したのだった。ただ、片方の脚だけが欠けていた。男たちはこう推測した――隙間に落ちる前に、片脚を獣に食われたのかもしれない。または、落ちてきた岩に片脚をもぎ取られたのかもしれない。それとも、岩の下から逃れるために、絶望のなかで自ら片脚を切り落としたのだろうか。謎は謎のまま残り、脚は消えたまま、そして脚の付け根はなにも語ってはくれなかった。それはただの付け根に過ぎず、薄い氷の膜に覆われ、縁がわずかに綻んで、中央はヤギハネスの歯茎と同じように青黒くなっていた。

死体は礼拝堂へ運ばれた。望めば誰でもヤギハネスに別れを告げられるように。だが、蠟燭の光に照らされて安置された謎めいた氷漬けの死体を自分の目で見て、できるだけさまざまな角度から写真を撮りたいという数人の観光客のほかには、誰ひとりやってこなかった。誰ももうヤギハネスのことを知らず、誰もヤギハネスを憶えておらず、さらに天気予報が気温の上昇を告げたせいで、ヤギハネスは翌日には早々と埋葬された。

この意外な再会は、エッガーに激しい衝撃を与えた。ヤギハネスの失踪と再登場のあいだには、人の一生分とさえいえるほどの年月が横たわっていた。エッガーの心の目に、ぼんやり光る人影が大股で飛ぶように遠ざかり、吹雪の白い静寂のなかに消えていった、あの光景がよみがえった。あの場所から何キロも離れた氷河まで、ヤギハネスはいったいどうやってたどり着いたのだろう？　氷河でなにをするつもりだったのだろう？　それに、結局ヤギハネスの身にはなにが起きたのだろう？　おそらくまだ氷河のどこかに埋もれているに違いない片脚のことを考えて、エッガーは身震いした。もしかしたら、その脚もまた、数年たてば発見されて、奇抜なトロフィーとして、興奮したスキー客たちの肩に担がれ、谷へと運ばれるのではないか。だがヤギハネスにとっては、そんなことはすべてどうでもいいに違いなかった。いまは氷ではなく土のなかに横たわり、いずれにせよ安息を得ているのだから。エッガーは、ロシア時代の無数の死者のことを考えた。ロシアの氷のなかに横たわる死体の歪んだ顔は、エッガーが人生で見たなかで最もおぞましいものだった。それとは逆に、ヤギハネスには、不思議と幸せそうな印象があった。ヤギハネスはきっと、最期の瞬間、空に向かって大声で笑ったのだろう、とエッガーは思った。そして悪魔の口に、自らの片脚を担保として投げ込んだのだ。そう想像すると、気分がよくなった。そこにはある種の慰めがあった。

だがエッガーの心に引っかかって取れない思いは、もうひとつあった。凍り付いたヤギハネスは、エッガーのことを、まるで時間の窓の向こうから見つめてくるようだったのだ。天を向いたその顔には、どこか少年らしいとさえいえる表情が浮かんでいた。小屋で危篤状態でいるところを見つけ、背負い籠に載せて谷まで運び下ろしたあのとき、ヤギハネスはおそらく四十歳から五十歳ぐらいだっただろう。いまではエッガー自身が七十歳をとうに超えており、実際、自分でも歳を取ったと感じていた。山での生活と仕事は、エッガーのなかに痕跡を残していた。体中どこもかしこも曲がり、歪んでいる。背中は狭い弧を描いて地面を目指すかのようだったし、背骨が頭を越えて伸びていくような気がすることも、ますます頻繁になっていた。確かに、山に立つエッガーの足はまだしっかりしていて、秋の強烈な山おろしにさえ、均衡を失うことはない。だがエッガーがそこに立っているのは、内部がすでに腐った木が立っているのと同じことだった。

＊

晩年、エッガーはいずれにせよ稀にしか来なくなっていた仕事を引き受けるのを、すっかりやめた。一生のあいだ、もうじゅうぶん働いたと思った。それになにより、観光客たちのくだらないおしゃべりや、まるで山の天気のようにころころと変わる気分に、年々耐えられなくなってきていた。一度、都会から来た若い男が、幸福感のあまり岩の上に立って、目を閉じたままぐるぐると回り続けた挙句に、その下の砂利だらけの地面に落ち、小さな子供のようにすすり泣きながら、エッガーとグループのほかのメンバーに谷まで担ぎ降ろされるという事件があった。その男の頬を危うく張り飛ばしそうになった後、エッガーは山岳ガイドの仕事を完全にやめて、ひとりきりの生活を始めた。

村の人口は戦争以来三倍に膨れ上がり、観光客用の宿泊施設はほぼ十倍になっていた。そのせいで村は、屋内プールと保養公園のある休暇センターの建設とともに、とうに着手してしかるべきだった校舎の増築にも乗り出した。建設作業員がやってくるのを待たず、エッガーは住居にしていた小屋を出た。数少ない所持品をまとめて、村の裏側の斜面を数百メートル上ったところにある、もう何十年も前から使われていない家畜小屋へ引っ越した。その小屋は、まるで洞穴のように斜面を奥へと掘って造られており、そのため一年を通して室内の温度に大きな変化がないのが長所だった。正面壁は古い石を積み重ねて造られていたので、エッガーはまず隙間に苔を詰め、その後セメントでふさいだ。さらに、扉に入った亀裂をふさぎ、木材に松タールを塗り、蝶番《ちょうつがい》の錆を落とした。そして、壁の石をふたつ叩き壊して、代わりに窓を一枚と、煤《すす》だらけで真っ黒なストーブの煙突を入れた。そのストーブは、ブーベン山頂行きロープウェイの山麓駅裏にあるガラクタの山のなかから見つけたものだった。新しい住まいの居心地は上々だった。高いところにあり、ときに孤独だったが、エッガーはその孤独を悪いものだとは思わなかった。話し相手は誰もいなかったが、必要なものはすべてあった。それで充分だった。窓からは遠くまで見渡せるし、暖炉は温かく、遅くとも一冬にわたってストーブを焚き続けた後には、ヤギと牛のしつこい臭いもすっかり消え去るだろう。なによりエッガーは、静寂を楽しんだ。いまでは谷じゅうに満ち、週末には波のように山の斜面にまで打ち寄せてくる騒音も、この場所まで上がってくるときには、もはやかすかなざわめきに過ぎなかった。雲が重く山々の上に垂れこめ、空気が雨の匂いを含む夏の夜には、エッガーはよくマットレスに横たわったまま、頭上の土のなかを這う動物たちが立てる音に耳を澄ました。冬の夕方には、遠くで翌日のためにゲレンデを整備する雪上車の鈍いうなりが聞こえてきた。エッガーは再び、マリーのことを頻繁に考えるようになった。過去のこと、そして、あり得たかもしれない未来のことを。だがそれらはどれも、ほんの一瞬のはかないもの思いで、嵐の際に窓の前を横切る雲のように、あっという間に飛び去るのだった。

話し相手がいないので、エッガーは自分自身か、周りの物と話した。こんなふうに語りかけるのだ。「お前、使えないな。鈍《なま》ってるんだ。石で研ぐことにするよ。それから村まで行って、上等の紙やすりを買う。それでもう一度研いでやる。それに、柄に革を巻き付けてやる。それで持ちやすくなるぞ。それに見た目もよくなる。まあ、見た目なんてどうでもいいんだがな。わかったか？」

または、こんなふうにも話した。「こんな天気じゃ気も滅入る。あっちもこっちも霧ばっかりだ。これじゃあどこを見てもおんなじで、目線がずり落ちるな。このままじゃ、そのうち霧が部屋のなかまで入ってきて、テーブルの上にこぬか雨が降り始めるぞ」

こう語ることもあった。「もうすぐ春だ。鳥たちはもう春を見てきた。俺の骨もなんだかむずむずするぞ。それに雪のうんと下では、もう球根が割れてるな」

ときにエッガーは、自分自身と自分の思考を笑わずにはいられなかった。そんなときは、ひとりでテーブルの前に座り、雲の影が音もなく横切っていく山々を窓から眺め、涙が出るまで笑うのだった。

週に一度、山を下りて村へ行った。マッチや塗料、パンやタマネギやバターを買うためだ。村人たちが自分のことをあれこれ勝手に推測して噂していることは、とうに知っていた。春には小さなゴム車輪を取り付けることができる手作りの橇《そり》を引いて再び帰路につくとき、皆が自分の背後で頭を寄せ合って、ひそひそと囁き始めるのが、目の端に映る。そんなときエッガーは振り向き、手持ちのなかで一番の険悪な目つきで彼らをにらみつけるのだった。とはいえ、実のところ、村人たちの意見や怒りなど、エッガーにはどうでもよかった。彼らにとって、エッガーは穴倉に住み、独り言を言い、朝には氷のように冷たい小川にしゃがんで体を洗う老人に過ぎない。だがエッガー自身は、なんとかここまで無事に生きてきたと感じており、それゆえ、満ち足りた気持ちになる理由はいくらでもあった。ガイド時代に稼いだ金で、まだ当分は不自由なく暮らせるはずだし、頭の上には屋根があり、自分のベッドで眠ることができる。それに、小さな腰かけを扉の前に置いて座れば、いつまででも景色を眺めていられる。やがてまぶたが落ちてきて、顎が胸にくっつくまで。すべての人間と同じように、エッガーもまた、さまざまな希望や夢を胸に抱いて生きてきた。そのうちのいくらかは自分の手でかなえ、いくらかは天に与えられた。手が届かないままのものも多かったし、手が届いたと思った瞬間、再び奪われたものもあった。だが、エッガーはいまだに生きていた。そして、雪解けが始まるころ、小屋の前の朝露に濡れた野原を歩き、あちこちに点在する平らな岩の上に寝転んで、背中に石の冷たさを、顔にはその年最初の暖かな陽光を感じるとき、エッガーは、自分の人生はだいたいにおいて決して悪くなかったと感じるのだった。

やはり同じ雪解け後の季節、早朝に土から蒸気が立ち昇り、獣たちが巣や穴から這い出てくるころのこと、エッガーは氷の女に出会った。その夜エッガーは、何時間も眠れずにマットレスの上で寝返りを打ち続けた後、やがて動きを止めて、腕を胸の前で組んだまま、夜の音に耳を澄ましていた。小屋をかすめ、鈍い音で窓を叩く絶え間ない風に。やがて唐突に、静寂が訪れた。エッガーは蠟燭に火をつけると、天井にちらちらまたたく影を見つめた。そして蠟燭を再び消した。それからしばらく、身動きもせずにじっと横たわっていたが、ついに起き上がり、外へ出た。世界は見通しのきかない霧のなかに沈み込んでいた。まだ夜は明けていなかったが、あたりの柔らかな静寂のかなたにあるどこかでは、すでに空が明るくなり始め、空気は暗闇のなかの牛乳のように光っていた。エッガーは斜面を登っていった。目の前の自分の手の輪郭さえよく見えない。その手を伸ばしてみると、あたかも底知れぬ深い水のなかに沈んだかのようだった。エッガーは斜面を登り続けた。慎重に、一歩ずつ、数百メートル上まで。遠くから、アルプスマーモットの長く引き伸ばした笛のような鳴き声に似た音が聞こえた。エッガーは立ち止まり、視線を上げた。霧の隙間から月が見えた。白い、素裸の月。そのとき突然、空気がかすかに顔をかすめるのを感じたかと思うと、次の瞬間、再び風が吹き出した。それは一度ずつゴーッ、ゴーッと吹き付けてくる風で、霧を引きむしり、吹き散らした。高い場所にある岩場をかすめていく風の唸りと、足元の草の囁きが聞こえた。まるで生き物のように目の前でうねる霧のなかを、エッガーは歩き続けた。すると、空が開くのが見えた。まるで誰かが白いテーブルクロスを広げたかのような残雪に覆われた、平らな岩々が見えた。そして、氷の女が見えた。三十メートルほど上方の斜面を横切っていく。全身真っ白なので、一目見た瞬間は、霧の塊だと思った。だがすぐに、女の青白い両腕がはっきりと見えた。肩に無造作にかけられた布も。それに、体の白の上にかかる影のような髪も。エッガーの背筋を戦慄が走った。唐突に、寒さを感じた。だが寒いのは外気のせいではなかった。寒さはエッガーの内側から来るものだった。心臓の奥深くに居座るその寒さは、驚愕と同じものだった。人影は狭い岩場へと向かっていく。その歩みはずいぶん速いというのに、エッガーには女の足の動きは見えなかった。女はまるで、隠されたなんらかの機械の力で、岩に引き寄せられているかのようだった。エッガーは動くことができなかった。驚愕は心臓に居座ったままだったが、奇妙なことに、物音を立てたり不用意な動きをしたりすれば、あの人影を追い払ってしまうのではないかという恐怖も、同時に抱いていた。エッガーは、風が女の髪をからめとり、一瞬、うなじから吹き上げるのを見た。そのとき、すべてを悟った。「こっちを向け！」エッガーは言った。「頼む、こっちを向いて、俺を見てくれ！」だが人影はどんどん遠ざかり、エッガーに見えるのは、女のうなじのみだった。赤みがかった三日月形の傷跡が輝くうなじ。「こんなに長いあいだ、どこにいた?」エッガーは叫んだ。「話すことがたくさんあるんだ。きっととても信じられないぞ、マリー! 俺のこの、長い一生の話だ!」女は振り返らなかった。答えもしなかった。聞こえるのはただ風の音だけ。地面を撫で、その年の最後の雪を連れ去るときの、風の泣き声とため息のみだった。

エッガーは山にひとり取り残された。長いあいだ微動だにせずそこに立ち尽くしているあいだに、あたりではいつしか夜の影が、ゆっくりと姿を消していった。エッガーがようやく動きを取り戻したとき、はるかかなたの山並みの背後から太陽が昇り始め、山々の頂をその光で満たした。それはあまりに柔らかく美しい光で、エッガーはきっと、これほど疲れて混乱してさえいなければ、混じりけのない幸福に声を上げて笑ったことだろう。

その後何週間も、エッガーは何度も何度も、住まいである小屋の上方にある岩だらけの斜面を歩き回った。だが氷の女にしろマリーにしろ、またはまったく別の誰かにしろ、人影は二度と目の前に現れることはなく、やがて記憶のなかのその姿は少しずつ色あせ、最後にはすっかり消えてしまった。そもそもすべてにおいて、エッガーは忘れっぽくなっていた。起きてから一時間ものあいだ、前の晩にストーブの煙突に引っかけて乾かしておいた靴を探し回るといったこともあった。また、自分はいったい夕食になにを作ろうとしていたのかと考えているうちに、一種の悶々とした白昼夢のなかに落ち込み、そのせいであまりにも疲れ果てて、テーブルの前に座ったまま、両手で頭を抱えて眠り込み、結局なにひとつ食べないままに終わるといったこともあった。ときにエッガーは、眠る前に窓際に腰かけを置いて座り、外を眺めながら、夜の背景のなかから、混乱した己の内面にわずかなりと秩序を与えてくれる記憶がいくらか現れはしないかと期待するのだった。だが、さまざまな出来事の時系列が曖昧になることはどんどん増え、あらゆるものが粉々に散らばり、さまざまな断片が心の目になんらかの像を結んだように見えても、すぐにそれは再び視界から滑り落ちるか、まるで熱い鉄に落ちる油のように溶けて流れてしまうのだった。

凍てつく冬の朝、住まいの小屋から素っ裸で出てきて、裸足で雪のなかをのしのしと歩き、前夜に戸外で冷やしておいたビールを探しているところを数人のスキーヤーに見られたのが最後の一押しとなって、老エッガーは一部の村人から、完全に狂ったと見なされるようになった。だがエッガーには気にならなかった。自分の頭と心がどんどん混乱を深めていることはわかっていた。だが狂ってはいない。それにこの頃にはもはや、他人の意見などどうでもよくなっていた。だから実際、少し探しただけでビール瓶が出てきたことで(雨どいのすぐ隣にあった。瓶は夜の霜のせいで割れており、棒付きアイスのように、ビールを舐めることができた)、エッガーは少なくともその日一日は、ざまあみろという密かな満足感とともに、自分の思考と行動を信頼することができた。
出生記録——もっとも、エッガーの意見では、そこに押された印章のインクほどの価値さえない——によれば、エッガーは七十九歳になった。自分でも思いもしなかったほど長生きしたし、概ね満足のいく人生だった。子供時代と、ひとつの戦争と、一度の雪崩を生き延びた。決して骨身を惜しまず働き、岩に数えきれないほどの穴をうがち、おそらく小さな都市の住民全員の暖炉にくべる一冬分の薪に足りるほど多くの木を切り倒した。あまりに頻繁に、天と地のあいだに渡した糸に命を預け、人生の後半には山岳ガイドとして、人間というものについて理解しきれないほど多くを学んだ。自分で知る限りではこれといった罪も犯さず、酒、女、美食といったこの世の誘惑にも決して溺れることはなかった。家を一軒建て、家畜小屋やライトバンの荷台や、さらにはほんの数日とはいえロシアの木の檻など、無数の場所で眠った。人を愛した。そして、愛が人をどこへ連れていってくれるのかを垣間見た。月面を歩く数人の男を見た。神を信じる必要には一度も迫られず、死を恐れてもいなかった。自分がどこから来たのかは覚えていないし、自分が最終的にどこへ行くのかもわからない。だがそのあいだの時間を——自分のこの一生を——エッガーは悔いなく振り返ることができた。乾いた笑いを漏らしながら。そして、大きな驚きに息を呑みながら。

アンドレアス・エッガーは、二月のある夜に息を引き取った。だが、よく自分で想像していたとおり、吹きさらしのどこかでうなじに陽光を受けながらでも、頭上に星空をいだきながらでもなく、自分の家のテーブルの前で死んだ。蠟燭はすでに燃え尽き、そのときエッガーは、ちっぽけな四角い窓の向こうに浮かぶ、まるで埃と蜘蛛の巣で曇った蛍光灯のような月からのかすかな光のなかに座り、これからの数日間でするべきことについて考えていた。蠟燭を何本か買う。隙間風の吹きこむ窓枠のひびをふさぐ。雪解け水を流すために、小屋の前に膝までの深さで、少なくとも三十センチ幅の溝を掘る。おそらく天気はもつだろう。それはかなりの確信をもって言える。前の晩に脚が痛まず落ち着いていてくれれば、たいがいは翌日の天気もまた穏やかなのだ。脚のことを考えていると、温かな気持ちが湧きあがってきた。自分をこれほど長くあちこちへと運び続けてくれた、この腐った木材のような脚。同時にエッガーは、自分がまだなにかを考えているのか、それともすでに夢を見ているのか、わからなくなっていた。すぐ耳元で、音が聞こえた。柔らかな囁き声だ。まるで誰かが幼い子供に語りかけているかのような。「もう遅いぞ」そう言う自分の声が聞こえた。あたかも己の発した言葉がほんのしばらく目の前に浮き、やがて窓から見える小さな月の光のなかで砕け散ったかのようだった。胸に澄んだ痛みを感じたと思うと、上体がゆっくりと前のめりになり、頭がテーブルに落ち、頬を下にして動かなくなるのがわかった。己の心臓の鼓動が聞こえた。その鼓動が止まったとき、エッガーは静寂に耳を澄ました。辛抱強く、次の鼓動を待つ。そしてそれが来ないとわかったとき、エッガーはすべてを手放して力を抜き、死んだ。

三日後、地域紙を手渡そうと窓を叩いた郵便配達員が、エッガーを発見した。エッガーの亡骸は、冬の気温のおかげできれいに保たれており、まるで朝食の際に眠り込んだかに見えた。埋葬は翌日に執り行われた。葬儀は短かった。教区の司祭が寒さに震えるなか、墓掘人夫たちが、事前に小型のパワーショベルで凍土に掘っておいた穴に棺を下ろした。エッガーは妻マリーの傍らに葬られている。墓穴の上には、荒削りでひびだらけの石灰石が置かれている。夏にはその石の上に、薄紫のウンランカズラが育つ。

息を引き取る六か月弱前のある朝、エッガーは得体の知れない胸のざわめきで目を覚まし、瞬きする間もなくベッドを飛び出すと、戸外へ出た。それは九月末のことで、雲の天井から陽光が射しこむところに、幾台もの通勤自動車が輝いているのが見えた。なんらかの理由から観光業では生活できず、それゆえ谷の外にある職場に時間どおりたどり着かねばならない人たちの車が、毎朝のように通りに数珠つなぎになるのだ。わずかな距離をうねうねと進み、やがて靄《もや》のかかった光のなかで輪郭を失い、消えていくこの色鮮やかな車列が、エッガーは気に入った。同時にその眺めに、悲しくもなった。自分がこの土地を離れたのは——各地に散在する〈ビッターマン親子会社〉のロープウェイやリフトを仕事で訪れたことを別にすれば——人生でただ一度、戦争に行ったときのみであることに思い至った。かつて馬車の御者台に座った自分が、当時は深いわだちのある田舎道に過ぎなかったあの道路を通って、初めて谷にやってきたときのことを思い出した。そしてその瞬間、心臓が破れるかと思うほどの、深く燃えるような憧憬にとらわれた。そのまま振り向きもせず、エッガーは駆け出した。足を引きずり、つまずきながらも、全速力で転げるように村へと駆け下り、高くそびえたつ〈ポストホテル〉のすぐ隣にある停留所へとたどり着いた。そこでは黄色い郵便バスの五番線、通称〈七つの谷線〉が、すでにエンジンをかけて発車するばかりになっていた。「どこまでですか？」運転手が目も上げずに訊いた。エッガーはその男を知っていた。かつて鍛冶屋だったスキー用具修理工場で、数年のあいだ締め具の仕上げ工として働いていたが、関節炎で指が捻じ曲がったせいで、バス会社に転職した男だ。その手に握られたハンドルは、まるで細いおもちゃのタイヤのように見えた。「終点までだ！」エッガーは言った。「それ以上は行けないだろう」乗車券を買うと、後方の空いた座席に腰を下ろした。車内は疲れた顔の村人たちでいっぱいだった。なかにはエッガーの知った顔もある。自家用車を買う金がないか、運転技術を習い、速度に慣れるには歳を取りすぎている人たちだ。ドアが閉まり、バスが発車すると、エッガーの心臓は狂ったように跳ねまわった。座席の背にもたれて、目を閉じる。しばらくそのままでいた後、やがて姿勢を正し、目を開けると、村は消え去っており、道路端のさまざまなものが車窓を流れていた。畑をつぶしてできた小さな宿屋の数々。休憩所。ガソリンスタンドの看板。広告板。開いた窓のすべてにシーツが干してある食堂兼宿屋。垣根の前に立つひとりの女。片手を腰に当て、顔は煙草の煙に覆われて不鮮明。エッガーは考えようとした。だが無数の光景が電流のように流れこんでくるせいで、疲労を感じた。眠り込む直前、自分を谷の外へと駆り立てたあの憧憬を、再び蘇らせようとした。だが、胸のなかにはもうなにもなかった。ほんの一瞬、心臓のあたりに再び軽い熱を感じたような気がしたが、それも思い込みに過ぎなかった。目を覚ましたときには、いったい自分がなにをしたかったのか、そもそもなぜこのバスに乗っているのか、もはや思い出せなかった。

エッガーは終点でバスを降りた。雑草に覆われたコンクリートの広場を歩き出したところで、立ち止まった。どちらの方向へ行けばいいのか、わからなかった。いま立っている広場、ベンチ、背の低い駅舎、その背後の家々——エッガーに語りかけてくるものは、なにひとつなかった。もう一歩、ためらいがちに踏み出し、再び立ち止まる。寒かった。慌てて出てきたせいで、上着をはおるのを忘れていた。帽子をかぶることも思いつかなかったし、小屋に鍵もかけてこなかった。ただ闇雲に駆け出し、そしていま、後悔している。どこか遠くから、大勢の声が聞こえてくる。子供が誰かに呼びかける声、それから自動車の扉の閉まる音、大きく膨れ上がり、それからすぐに小さくなるエンジンの音。体の震えがあまりにひどくなり、できればどこかにつかまりたかった。心の目に、この場に立っている自分の姿が映った。途方に暮れた役立たずの老いた男が、空っぽの広場のまんなかに立っている姿が。人生で、このときほど自分を恥じたことはなかった。その瞬間、肩に誰かの手が置かれるのを感じた。ゆっくりと振り返ると、バスの運転手がいた。

「結局どこへ行くんですか？」運転手が訊いた。老エッガーはただそこに立ち尽くしたまま、必死に答えを探した。

「わからん」エッガーは言って、ゆっくりと繰り返し首を振った。「さっぱりわからん」

帰りのバスでも、エッガーは谷を出発したときと同じ席に座った。運転手がエッガーをバスまで連れていき、運賃を要求することもなく、そもそもそれ以上ひとことも口をきかずに、後方の座席まで付き添ってくれたのだった。帰路では眠り込むことはなかったが、それでも道のりは往路よりも短く感じられた。さきほどより気分はましになり、鼓動も落ち着いてきて、バスが初めて山々の青い影のなかに入ったときには、体の震えも収まっていた。エッガーは車窓から外を眺めたが、いったいなにを考え、なにを感じるべきなのか、よくわからなかった。もうあまりに長いあいだ遠出をしたことがなかったので、家へ帰るとはどんな気分なのかを、忘れてしまっていた。

村の広場で、エッガーは運転手に軽くうなずいて別れを告げた。本当は、できるだけ早く家へ帰るつもりだった。だが、村の最後の家々の前を通り過ぎ、住まいの小屋まであとは階段状の斜面を上るだけという場所まで来たとき、ふとした気分に誘われて、左へ曲がり、滅多に人の通らない小道を上り始めた。名もない苔色の池をぐるりと巡り、グレックナー峰までうねうねと続く道だ。しばらくは、役場が村を雪崩から守るために造らせた鉄条網に沿って歩き続けた。それから、岩に深く打ち込んだ鉄の楔《くさび》で安全性を確保してある細い山峡を抜け、最後に、窪地の影になった圏谷の草地を横切った。草はしっとり濡れて輝き、地面からは腐敗の匂いが立ち昇っていた。エッガーは足早に進んだ。歩くのは苦にならなかった。疲れも忘れ、寒さも感じなかった。まるで、一歩ごとに、あの見知らぬ広場で自分に襲い掛かってきた孤独と絶望を、少しずつその場に置き去りにしていくような気がした。耳のなかで血潮のざわめきが聞こえ、額の汗を乾かす冷たい風を感じた。窪地の最も深い場所まで来たとき、なにかが宙をかすかに動くのが見えた。それは小さな白いもので、エッガーの目の前で踊っていた。直後に、同じものがもうひとつ。次の瞬間、空気は無数のちっぽけな雲の切れ端に覆われた。宙を漂いながら、ゆっくりと地面へと沈んでいく。エッガーは最初、風に乗ってどこかから運ばれてきた花びらだと思った。だが時は九月末で、咲いている花などとうになくなっていた。ましてやこの標高だ。そしてエッガーは、雪が降っているのだと悟った。雪はますます激しく空から落ちてきて、岩や深い緑の野原に降り積もっていく。エッガーは歩き続けた。滑って転ばないように、足元に神経を研ぎ澄まし、数メートルごとに手の甲で、まつげと眉毛に落ちた雪を拭った。歩きながら、ひとつの記憶が蘇ってきた。はるか昔にあったなにかの、一瞬の思い出。ぼんやりと滲んだひとつの光景でしかないなにか。「まだそのときじゃない」エッガーは小声でそう言った。冬が谷へと降りてきた。

訳者あとがき

一九三一年の冬のある日、アンドレアス・エッガーは、山中の小屋でヤギ飼いが病に倒れているのを発見し、雪のなかをおぶって下山する。ところが、ようやく村が見えてきたところで、ヤギ飼いは突然、雪深い山奥へと駆け戻ってしまう。「死ぬときには氷の女に出会う」という言葉を残して。

本書は、ひとりの男のほぼ二十世紀いっぱいにわたる一生を描いた小説だ。

アンドレアス・エッガーは、幼いころにオーストリアアルプスにある村にやってきた。当時で言うところの「未婚の母から生まれた私生児」で、その母を亡くしたため、親戚の農家に引き取られることになったのだ。ときは二十世紀の初頭、正確な生年月日を知られていないエッガーは、とりあえず一八九八年生まれの四歳ということにされた。

子供のころから厳しい労働を課せられ、養父からの体罰が原因で片足を引きずるようになったエッガーだが、やがて逞しい若者に育ち、独立して、農作業の手伝いなどの日雇い仕事をするようになる。そして、貯めた金で山の斜面に小さな土地を借り、小屋を修繕して、ついに「我が家」を持つ。ヤギ飼いの不思議な失踪は、このころの出来事だ。

ヤギ飼いを見失った直後、衝撃を受けたまま訪れた食堂で、エッガーは村に来たばかりの給仕係マリーに出会う。生まれて初めて恋に落ち、決死の思いで声をかける。そして、マリーにふさわしい男になるため、ロープウェイ建設会社の作業員として働き始める。谷から山頂までのロープウェイ建設は、村と時代とを変える一大事業だった。

一世一代のプロポーズ、つつましくも幸せな結婚生活、厳しく危険ながら、世界の進歩に寄与していると実感できる仕事。ところが、ある年の雪崩でエッガーの運命は一変する。

そして起こった戦争、従軍、ロシアでの長い抑留生活、復員後の山岳ガイドへの転身。やがて歳を重ね、引退して、人里離れた小屋で暮らし始めたエッガーは、あるとき「氷の女」に出会う——

主人公アンドレアス・エッガーは、歴史に名を残した人間ではない。その人生は厳しく、劇的ではあったが、ある意味では、同時代人の誰もが送った平凡なものだったとも言える。エッガーが暮らす村も、周囲の山々も、すべて架空の場所だ。アルプスのどこに生きた男であっても不思議ではないある男の「ある一生」を、本書は淡々と描き出していく。

従軍と抑留生活を除けば村から出ることもなく、一生のほとんどを孤独に貧しく暮らしたエッガー。端から見れば理不尽ばかりの運命と環境のなか、黙々と生きた彼が、老年に達し、自らの一生を振り返ったとき、感傷とも自己陶酔ともまったく無縁に抱く感慨のあまりの簡素さと力強さ、潔さは、読む者にある種の衝撃さえ与えるのではないだろうか。

とあるインタヴューによれば、著者ゼーターラーは、アンドレアス・エッガーという男の人生を「木を彫るように」創り出したという。彫刻刀の刻み目のひとつひとつが、エッガーの人生の各々の瞬間だ。どこに、どのように刻み目を入れるべきか、どれが必要で、どれが不必要な刻み目か、熟考しながら彫り上げた結果、ひとりの人間の一生を描きながら驚くほど凝縮された物語が完成した。「人の時間は買える。人の日々を盗むこともできるし、一生を奪うことだってできる。でもな、それぞれの瞬間だけは、ひとつたりと奪うことはできない」という、本書に出てくる一見謎めいた言葉には、人生とは瞬間の積み重ねだという著者の洞察があるのだろう。日本語にして一五〇ページにも満たない短い物語だが、エッガーの人生を構成する鮮やかな各瞬間に没入しながら読み終えたときには、ひとりの男の一生をともに生きたという、ずっしりした手ごたえが残る。

本書はまた、ひとつの人生の物語であると同時に、二十世紀というひとつの時代の物語でもある。エッガーももちろん時代の波に翻弄されて生きた無数の人々のひとりであり、その人生からは、そのまま二十世紀のオーストリア山岳地帯の歴史が透けて見える。とはいえ、決して時代を描き出すことを意図した物語ではない。ツァイト紙の書評が、まさに核心を突いている。「『ある一生』は、ナルシシズムとは無縁の作品だ。自己陶酔とともにオーストリアという国を描いた文学でもない。邪悪な二十世紀は、物語のなかで大きな存在感を示しはするが、だからといって、物語を歴史的寓話に変えてしまうわけではない。ここにあるのは、世界を説明しようとする本ではなく、ある一生を描こうとする本なのだから」

本書は二〇一四年夏に刊行されるや、読書界の話題をさらい、何か月にもわたってベストセラーリストの上位を維持し続けた。現在までの刊行部数は八十万部を超え、すでに三十七か国が翻訳権を取得している。二〇一五年のグリンメルズハウゼン賞、二〇一六年のヴィーナー・ヴィルトシャフト書籍賞はじめ、数々の文学賞を受賞した。英訳が刊行された後は英語圏でも高く評価され、二〇一六年のブッカー国際賞と、二〇一七年の国際ダブリン文学賞のショートリスト入りも果たした。書評も数え切れない。ドイツ語圏はもちろん、ガーディアン紙やBBCをはじめとする英語圏の各メディアでも絶賛を受けている。作品の方向性から、ポール・ハーディングの『ティンカーズ』（白水社）、ジョン・ウィリアムズの『ストーナー』（作品社）と比較されることも多い。

版元のハンザー出版で国際的に最も成功した作家のひとりに数えられる著者ローベルト・ゼーターラーは、一九六六年、ウィーンに生まれた。いまではオーストリア文学界を代表するほどの作家だが、実はもともと俳優であり、これまでドイツ語圏のさまざまな映画やテレビに出演してきた。連続テレビドラマでの当たり役も持っている。

また、脚本家としても活躍しており、二〇〇九年には、ゼーターラーが脚本を書いたドラマが、ドイツのテレビ界で最も権威ある賞のひとつであるグリメ賞を受賞した。

二〇〇六年、小説『*Die Biene und der Kurt*（蜂とクルト）』で作家デビュー。その後『*Die weiteren Aussichten*（さらなる見通し）』（二〇〇八年）、『*Jetzt wirds ernst*（これからが本番だ）』（二〇一〇年）、『キオスク（*Der Trafikant*）』（二〇一二年、邦訳は二〇一七年）、『ある一生（*Ein ganzes Leben*）』と、次々に小説を刊行、いずれも高い評価と読者の支持を得た。特に『キオスク』と『ある一生』はベストセラーとなり、ゼーターラーの小説家としての地位を確固たるものにした。『キオスク』は映画化もされ、二〇一八年に公開された。先ごろ亡くなったブルーノ・ガンツがズィークムント・フロイトを演じているほか、著者ゼーターラー自らも出演している。二〇一八年に発表された最新作『*Das Feld*（墓地）』も、現在にいたるまでベストセラーリストを飾り続け、すでにラインガウ文学賞を受賞している。

さて、ここまで著者の華麗な経歴や、作品の受賞歴を長々と披露してきたが、それらは本書の魅力の一端を伝える情報に過ぎない。己の人生の価値を世間や他人のものさしで測らない、測ろうと思いつきもしないエッガーの物語の真の魅力は、読者それぞれが、それぞれに見出すものだろう。「足はひとりで引きずるもんだ」とエッガーも言っている。『ある一生』という小説を読む醍醐味は、そこにこそあるように思う。

最後に、本書の底知れぬ魅力を見抜き、出版を快諾してくださった新潮社の須貝利恵子さん、的確な編集で支えてくださった加藤木礼さん、翻訳中、作品の解釈やドイツ語に関する私のさまざまな質問に、常に驚くほど迅速に、快く返事をくださった著者のローベルト・ゼーターラーさん、ゼーターラーさんとの橋渡し役をしてくださったのみならず、本書に関するデータや情報をお願いするたびに、やはり驚くほど迅速に、快く対応してくださったハンザー出版のクラウディア・ホルツェラさんに、厚くお礼を申し上げたい。

二〇一九年三月

浅井晶子

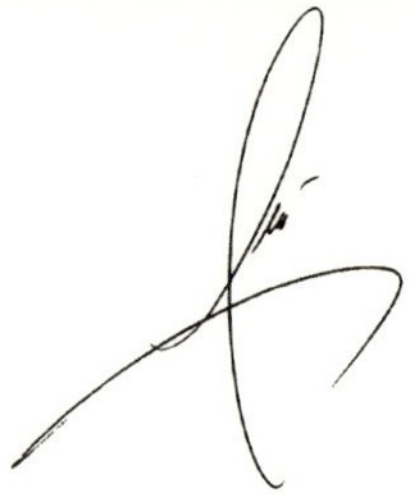

Ein ganzes Leben
Robert Seethaler

ある一生《いっしょう》

著 者
ローベルト・ゼーターラー
訳 者
浅井　晶子
発 行
2019 年 6 月 25 日
2 刷
2019 年 10 月 10 日
発行者　佐藤隆信
発行所　株式会社新潮社
〒162-8711 東京都新宿区矢来町 71
電話 編集部 03-3266-5411
読者係 03-3266-5111
https://www.shinchosha.co.jp

印刷所
株式会社精興社
製本所
大口製本印刷株式会社

乱丁・落丁本は、ご面倒ですが小社読者係宛お送り下さい。
送料小社負担にてお取替えいたします。
価格はカバーに表示してあります。

ISBN978-4-10-590158-5 C0397

ソーネチカ

Сонечка
Людмила Улицкая

リュドミラ・ウリツカヤ
沼野恭子訳

本の虫で容貌のぱっとしないソーネチカ。
最愛の夫の秘密を知って彼女は……。
神の恩寵に包まれた女性の、静謐な一生の物語。
現代ロシアの人気女流作家による珠玉の中篇。

CREST BOOKS

ディア・ライフ

Dear Life
Alice Munro

アリス・マンロー
小竹由美子訳

二〇一三年、ノーベル文学賞受賞。A・S・バイアット、
ジュリアン・バーンズ、ジョナサン・フランゼン、
ジュンパ・ラヒリら世界の作家が敬意を表する
現代最高の短篇小説家による最新にして最後の作品集。

CREST BOOKS

低地

The Lowland
Jhumpa Lahiri

ジュンパ・ラヒリ
小川高義訳

若くして命を落とした弟。その身重の妻をうけとめた兄。
着想から十六年。両親の故郷カルカッタと作家自身が
育ったロードアイランドを舞台とする波乱の家族史。
十年ぶり、期待を超える傑作長篇小説。

CREST BOOKS

千年の祈り

A Thousand Years of Good Prayers
Yiyun Li

イーユン・リー
篠森ゆりこ訳

長く深い祈りの末、私たちは出会った──。
わずか渡米十年にして、フランク・オコナー国際短篇賞、
PEN／ヘミングウェイ賞、プッシュカート賞ほか独占。
北京生まれの新鋭による鮮烈なデビュー短篇集。

CREST BOOKS

あの素晴らしき七年

The Seven Good Years
Etgar Keret

エトガル・ケレット
秋元孝文訳

愛しい息子の誕生から、ホロコーストを生き延びた父の死まで。
現代イスラエルに生きる一家に訪れた激動の日々を、
深い悲嘆と類い稀なユーモア、静かな祈りを込めて綴る36篇。
世界中で愛される掌篇作家による、胸を打つエッセイ集。

CREST BOOKS